我在日本做公务员

RORO ——— 著

中国女孩
赴日一年职场社会
观察手记

北京时代华文书局

推荐序

这个国家有许多波澜不惊的"美莎子"

大约三年前,我在关西汉语角第一次见到高璐璐。

说是第一次,其实也是至今为止唯一的一次。因为第二年她就回国了。

关西汉语角是我和几位热心于中文学习的日本朋友一起办起来的一个免费的中文交流场所。每月第三个星期六下午举办一次中文交流活动。最开始汉语角的地点在大阪市中心的樱之宫公园,后来转移到了靠近大阪天满宫的三丁目咖啡店。

三丁目咖啡店是一家已经有50年历史的咖啡店。店堂不大,至今仍然保持着怀旧的昭和风格,作为一家有点年纪的咖啡店,显得有些陈旧。大约因为这个缘故,坐在咖啡店里的高璐璐让我印象深刻。因为咖啡店里略带昏暗的光线,令她年轻的脸显得特别白皙。

高璐璐告诉我她在位于神户的兵库县厅做国际交流员。兵库县北接日本海,南接濑户内海。南部工厂林立,北部水产丰盛,其过疏与过密,被称为"日本的缩影"。兵库县厅所在地神户,是一个依山面海的港口都市。在其他任何城市的指路牌,一般都是"向左"和"向右",而只有神户的指示牌,会写成"向山那边"和"向海那边"。这是神户人最为傲娇的地方:依山面海的神户,气候宜人、风景独佳。几乎条条道路都是充满文艺气息的长长斜坡。沿斜坡向上走，就是"山那边"，沿斜坡向下走，就是"海那边"。所以，对于日本关西人而言，最为理想的生活模式，是在大阪工作，去神户安家。至于京都，那是游客们去的地方。

除了依山面海的神户，兵库县还有许多明星都市：例如著名的宝冢市，因为实业家小林一三创办的宝冢歌剧团，而成为近代日本大众文化的发祥地；因为"漫画之神"手冢治虫，宝冢市也是日本漫画文化的先驱地；此外，同样属于兵库县的西宫市与芦屋市，是著名作家村上春树多年生活成长的地方，一直到19岁考入早稻田大学之前，村上春树的人生记忆，都围绕着兵库县这二座富饶的都市而展开。而除此之外，兵库县还拥有全日本最洁白最美丽的城堡——世界遗产姬路城。

在这样的兵库县做国际交流员，想必是愉悦而舒展的。此外，虽然我在日本已经生活了20年，去过日本许多地方，也早已熟悉日本的生活，但对于国际交流员的工作却一无所知。因此，当我阅读《我在日本做公务员》时，内心是充满了好奇的。虽然文集里谈及到的许多内容，例如日本学校的午餐、日本的忘年会、以及日本社会无处不在的仪式感，这些都早已习以为常，但由在日本做过一年公务员的高璐璐讲述出来，依旧令人充满了新鲜感。这很令人感叹：原来，换一个人、换一个角度、换一种视线，去看你以为自己早已熟悉的生活，依旧会有许多的不一样，依旧会有许多尚待挖掘的地方。

这本文集里，《有一种幸福叫美莎子》这篇文章非常值得一提。在澳大利亚生活过8年、能说一口流利英语的美莎子，是一位年轻的单身母亲，她白天在县厅工作，晚上则去上夜间大学，还一个人照顾7岁的女儿，工作育儿两不误。美莎子不知疲倦地忙忙碌碌，毫无抱怨，充满热情地将日子的每一个角落都填充得丰富殷实，给人以"小确幸"的愉悦感。这样的美莎子，令高璐璐感叹。

其实，美莎子这样的日本女性，在日本并不属于特殊的群体。例如我们每月举办汉语角的三丁目咖啡店的老板娘，就是一位"美莎子式"的大阪女子。她不仅独自打理父亲创办的咖啡店，还将儿子一手抚养成人，并且在工作和生活之余，还会去积极参加各种义工活动。在咖啡店打工的一位女大学生，看起来是个羞怯小巧的日本女孩子，却曾经两次前往伊拉克难民营做过义工。日本女性并非我们想象的那样柔弱，这个国家有许多的"美莎子"隐藏在人群中，她们波澜不惊地面对一切幸与不幸，如果不靠近她们，你永远无法了解她们。就像如果没有在日本生活过，就永远无法看到日本真实的一面那样。

当然，即使你在日本生活，也永远只能看到自己所能看到的、自己所认为真实的那一部分。没有人能够真正看清楚全部。而这正是生活的魅力所在，也正是日本永远值得我们探讨的地方。

唐辛子

2021年5月3日于大阪

前 言

　　从2016年4月到2017年4月,我在日本做了一年公务员,但并非正式的公务员,因为我不是日本国籍,也没参加日本的公务员考试,而是有机会以公务员身份进入兵库县厅国际交流课,体验了日本的政府部门工作。

　　说到这个机会,不得不提日本在1987年启动、1992年开始在中国实施的"外语指导等外国青年聘用项目"(Japan Exchange and Teaching Programme,简称JET)。参加者通过参与地区间的国际交流活动、在学校教授外语等工作,加强地区间各种形式的交流。

　　参加者的职业分为三种:在各地区从事国际交流活动的国际交流员(Coordinator for International Relations,简称CIR),在小学、初中及高中从事外语教学的外语指导助手(Assistant Language Teacher,简称ALT),以及在各地区从事国际体育交流活动的体育国际交流员(Sports Exchange Advisor,简称SEA)。

　　英语国家的参加者多为外语指导助手,即英语外教,被派往日本全国各地中小学校,部分作为国际交流员在各级地方政府工作;而与此相对,来自非英语国家的参加者大多担任国际交流员,其中中国交流员占了相当大比重。我在日本的时候,中国共有68位参加

JET项目的青年，其中，国际交流员有63人，外语指导助手有5人，而体育国际交流员因技能的特殊要求人数极少。

无论哪一类工作，参加者的身份都是地方特殊公务员，受雇于日本地方自治体，任期通常为一年，双方达成一致时也可续约，最多续约两次。

2017年，我没有续约，与同期外派的国际交流员一起回国了，而大多数通过社会招募的中国国际交流员则继续留在自己的任职单位，为中日友好事业做着点滴努力。

外派与社会招募是JET项目在中国区的选拔方式。外派是指通过中国外交部推荐参加招聘，多为各省市级对外办公室选派，也有高校派遣的日语教师；社会招募则是通过日本驻华大使馆进行公开选拔，除了要求日语水平，也会从学历、工作经历等方面做综合考核。

当新一批通过JET项目的合格者在4月赴日开展工作时，下一年度的选拔会在12月初拉开帷幕。一批又一批怀着促进中日友好理想的青年，经过报名、书面审查、笔试、面试等层层筛选，在JET的道路上不停交接着。

回想起当时拿到录用通知，看到派遣地为"兵库县"，还未能明白为何被派去了非任何一个"志愿派遣地"的地方。后来才清楚，国际交流员的赴任地通常以两国友好城市为基准。兵库县与广东省和海南省是友城，我来自广州，顺其自然地被分去了兵库县厅①。

经过在北京和东京的短期培训后，我在期待与不安之中搭乘新干线到达神户，开启了为期一年的公务员之旅。

---

① 日本的县厅相当于中国的省政府，而从属于县厅的国际交流课就相当于对外办公室，负责与各地区进行外事交流活动。

目　录

日本的县厅长什么样？

概说中日友好城市	5
我在县厅做什么？	9
日本的缩影兵库县	12
日本县厅长什么样？	16
在县厅上班的都是公务员？	21
铁饭碗要不要？	24
日本公务员的额外业务	28
上司的名字怎么叫？	32
感谢您一直以来的关照	34
午休时的沉默	37
你们真的是在加班吗？	41
有用的会和无用的会	43
你们对什么感兴趣？	46
旷日持久的报销	49
只有一面"日之丸"	52
日本公务员的"下凡"之路	55
铁打的县厅，流水的公务员	58

这哪里是山里的中学！

小地方的"大眼界"	62
这哪里是山里的中学！	66
他们为什么学中文？	70
兵库北的老年大学	74
日本人的创意从娃娃抓起	79
日本老师不好当	83
"万恶"的资本主义	87
日本小学生的午餐	90
当我们的校园更"高级"时	96
同一片天空，不同的生命	101

你只有看得多，才活得更温柔

有一种幸福叫美莎子	106
桥下君去研修了	110
桥下君的中国行	113
原来也有这样的日本人	118
活成谷中先生的模样	124
你只有看得多，才活得更温柔	128
与吉田奶奶的"一期一会"	132
老去，也是一件很美好的事情	137
职场女性不容易	142
老平，好久不见	146

友好交流,任重道远

谢谢你们喜欢中国	150
日语里,我最喜欢的一句话	154
沉默的大多数	157
空气与KY	160
日本人真的吃得好?	164
日本人与铁道	168
一场稍纵即逝的地震	173
防震路上,从未松懈	176
12月都是忘年会	181
春天来一场"春斗"	185
老爸的26年,日本的26年	187
无处不在的仪式感	193
友好交流,任重道远	197

后 记　　　　　　　　　　201

日本的县厅长什么样？

兵库县厅大楼外观

兵库县厅1号楼大厅,有休息长椅和定期更新的杂志阅览柜

姬路城

北野坂

甲子园

宝冢剧场

1. 概说中日友好城市

我从大学开始学日语，但关于中日友好城市的认知，只停留在同为首都的北京和东京上。

留学那年去了福冈，才知道这个九州岛上最繁华的美食之城和我居住的广州是友好城市。细想来，这两个城市挺"门当户对"。

地理位置上，北、上、广分别位于中国的北、东、南，而地貌狭长的日本，从东到西依次是东京、大阪、福冈，恰好是东、中、西的分布。加上福冈与广州都远离首都，各自形成了独特的地方文化。还有极其重要的一点是，两座城市均以美食闻名。"食在广州"自不必说，以豚骨拉面和明太子[1]为代表的福冈，也是日本人眼中的美食之乡。

如此一想便恍然大悟，原来友好城市的配对讲求天时、地利、人和。再去琢磨我们与日本已结交的友好关系时，颇有意思。

中日友好城市对照表（截选部分）[2][3]

日本	中国	缔结时间
北海道	黑龙江省	1986年6月13日
青森县	大连市	2004年12月24日

---

[1] 即鳕鱼子。
[2] 数据来自中日友好协会官方网站：https://www.j-cfa.com/document/。
[3] 日本行政区划中，都、道、府、县为一级行政区划，相当于中国的省（自治区、直辖市、特别行政区）。

日本	中国	缔结时间
宫城县	吉林省	1987年6月1日
秋田县	甘肃省	1982年8月5日
山形县	黑龙江省	1993年8月10日
枥木县	浙江省	1993年10月13日
埼玉县	山西省	1982年10月27日
东京都	北京市	1979年3月14日
神奈川县	辽宁省	1983年5月12日
山梨县	四川省	1985年6月18日
长野县	河北省	1983年11月11日
新潟县	黑龙江省	1983年8月5日
富山县	辽宁省	1984年5月9日
石川县	江苏省	1995年11月5日
福井县	浙江省	1993年10月6日
静冈县	浙江省	1982年4月20日
爱知县	江苏省	1980年7月28日
岐阜县	江西省	1988年6月21日
三重县	河南省	1986年11月19日
滋贺县	湖南省	1983年3月25日
京都府	陕西省	1983年7月16日
大阪府	上海市	1980年11月21日
兵库县	广东省 海南省	1983年3月23日 1990年9月28日
奈良县	陕西省	2011年9月2日
和歌山县	山东省	1984年4月18日
鸟取县	河北省 吉林省	1986年6月9日 1994年9月2日

日本	中国	缔结时间
岛根县	宁夏回族自治区 吉林省	1993年10月6日 1994年6月13日
冈山县	江西省	1992年6月1日
广岛县	四川省	1984年9月17日
山口县	山东省	1982年8月12日
德岛县	湖南省	2011年10月22日
香川县	陕西省	1994年4月22日
爱媛县	陕西省 辽宁省	2015年7月30日 2019年5月24日
高知县	安徽省	1994年11月8日
福冈县	江苏省	1992年11月4日
长崎县	福建省 湖北省	1982年10月16日 2011年10月10日
熊本县	广西壮族自治区	1982年5月20日
冲绳县	福建省	1997年9月4日

我被派去的兵库县原本只与广东省结好，1988年海南建省后，兵库县也开始与海南省结好。兵库县的中国交流员，也轮流来自这两个省区。

但不是每个县都有友好省份，有时是下属市对应市级别的友城。如茨城县没有友好省，但县厅所在地①的水户市和重庆市是友好城市。值得一提的是，天津和神户同为港口城市，两座城市在中日恢复邦交的第二年就缔结了关系，也是中日外交史上第一对友城关系。所以，在日本县厅需要国际交流员，市役所②也需要交流员。

---

① 日本的县厅所在地，相当于中国的省会城市。
② 日本的市役所，相当于中国的市政府。

结论是，国际交流员来自祖国哪里，就会被派去相应的友城。来自广东省广州市的我，可能被派去广州的友好城市福冈，也可能被派去广东省的友城兵库县。

也不是没有例外。从同一批次的交流员派遣地来看，遵循友好城市优先的原则上，也会出现中方友城没有合适人选的情况，只能派遣非友城的交流员赴任；或者日本的一些地方还未与中国建立任何友好关系，只能通过其他方面考虑如何派遣，但决定权不在我们，而是此活动的主办方——一个名为 CLAIR[①]的法人组织。

不过，这些信息是后来才知道的，每个人拿到录取通知前，完全不知道自己将要去哪里。可能是县厅所在地的大城市，可能是地级市，当然，也有可能是连日本覆盖率极高的便利店都难觅踪影、电车一天只有一趟的乡野。

被分去大城市真的幸运吗？也未必。这从后面大家彼此的生活工作中便能窥探一二。

---

① Council of Local Authorities for International Relations（简称CLAIR），指日本国自治体国际化协会北京事务所。

2 我在县厅做什么？

在日本期间，我做的是国际交流员的工作。国际交流员被地方公共团体聘用，从事国际交流活动，包括接待外国访客、翻译或监修外语刊物、举办活动时担任翻译工作、协助国际交流活动的企划、立案及实施并提出建议等。

拿我的工作内容来说，只要聘用单位有任何与中国相关的活动，上到外交会议，下到爱操心的大爷打办公室电话询问北京的雾霾为什么这么严重，都是我的直接工作。

但每个地方政府的政策不同及对华的亲疏不同（这好比对日态度也有省份差别），使得每个在任的中国交流员的工作内容有些许差别。与其他交流员相比，我每周要给县厅职员上中文课，但不需要定期开中华料理教室；又因为我在的办公室有一位县厅聘请的资深中文翻译——浅田桑来担任知事[①]的御用翻译，并每次陪同领导参加去中国的友好访问，虽说我的工作量少了很多，但没有享受过其他交流员陪领导回中国出差一饱乡愁的待遇。

政策会影响工作内容，也决定每个地方政府有哪些国家的交流员。我所在的兵库县厅，除中国外，还有韩国、美国和澳大利亚的交流员，共四人。但据说此前并没有澳大利亚人，而有法国人。随着兵库县和法国交流活动的减少，转而开始与澳大利亚交好，于是澳大利亚的交流员取代了法国交流员。不过中、韩、美三国一直为

---

① 日本的知事相当于中国的省长。

常驻成员。其他地方政府，多的有七国交流员，少的只有两国，可谓是各色各样。不同国家交流员的工作，语言不同，内容也不尽相同，我熟悉的是兵库县的情况。

英语是国际通用语言，使用英语的外交活动占了大半以上，美国交流员Jack一人难以完成所有工作，办公室另配有知事专用的英文口译员及笔译员各一名，足见工作量之大。通常，Jack只需负责笔译的校对，基本不用负责口译。但这不意味着他可以天天闲得在Quora①回答"日语好不好学？""有一个日本女朋友是什么样的体验？"之类的问题。除了四个人一起外出参加学校访问活动，他还负责兵库县内英语外教的联络，处理他们生活工作上的问题。大多外教不会日语，也不懂和欧美文化有着天壤之别的日本文化，由此造成的误解和矛盾成了Jack给我们说不完的段子。每个星期五中午，他利用午休的一小时开展英语角，参加者多是县厅内部的公务员。他还客串参与了当地电视台的一档旅游节目，主打兵库县的地方文化体验，用英日双语推广本地特色，希望更多人知道这里不只有神户牛肉。

来自澳大利亚的Lui也讲英文，但为了资源的合理利用，这个姑娘不在县厅上班，而是在稍远的兵库县国际交流协会（Hyogo International Association，简称HIA），完美解决了交流协会也需要英文母语使用者的问题。除了学校访问，她还负责英文研修生②的联络与照顾，还有联合国的相关工作。她和Jack也常常相互分担外派活动的英语工作，比如政府相关商业活动的外出翻译，或者担任学校里英文演讲比赛的评委。

和英文相比，韩语的使用范围缩小了许多。但不患寡而患不

---

① 由美国社交媒体脸书（Facebook）前雇员于2009年创办的在线问答网站，类似中国的知乎。
② 指被派遣或交换赴日工作的人。

均,全单位只有一个人说韩语,韩国的相关工作,都是韩国交流员接手。无论韩国代表团来访问知事,还是领导去首尔出差;也无论是每周一次的韩语课,还是翻译韩语版旅游宣传手册,统统由这个叫闵桑的姑娘来处理。她已在这里做到第三年,不仅是这里经验最丰富的大前辈,也是我们当中最忙碌的一个。

而至于我,大概是相对不忙碌的一个,但也不意味着我天天在办公室敲文章。除了和三个小伙伴一起参与各种外交活动,我也要接待来自国内的访问团,担任友好学校交流的全程陪同和翻译,教授每周一次的中文课,负责中文笔译的校对和频率很高的学校访问。

屡屡提起的学校访问,是各地交流员最频繁的工作。县内学校举办国际交流活动时,会向国际交流课提出申请派遣交流员,我们作为母国代表到校与学生一起参与活动,或者担任讲师做文化讲座,从而加深日本青少年对国外的理解。这是我最喜欢的工作之一。

每个县都有地方特色的交流工作。如冲绳的交流员会偶尔陪同知事去台湾地区出差;金泽的交流员要带着日本选手去大连参加马拉松;香川的交流员要教市民们如何包饺子、做臊子面(因为她来自友城陕西);青森的交流员每年在苹果季节和县民们一起做苹果大餐。大家平时互帮互助,彼此出谋划策,也是身在异国他乡的一抹温暖。

为了让交流员在日本的工作与生活更顺利,每年9月和11月,主办方CLAIR会在滋贺县与东京分别举行短期培训。

但无论是坐在办公室还是奔波在外,大家都希望用微薄之力,促进国际间点滴的相互理解。这也是所有项目参与者的初心。

3 日本的缩影兵库县

刚拿到工作通知时,看到"兵库县",连日语专业出身的我都感到疑惑,于是翻出地图确认一下,原来是一个在大阪旁边的县,属于关西地区。也难怪大多数人对它闻所未闻了。

日本的县相当于我们的省,神户是兵库县的县厅所在地,即我们说的省会。

而即便不知道神户在哪儿,很多人也听说过神户牛肉——传说中牛肉界的爱马仕。

传言神户牛是边享受按摩边听着歌长大的,算得上是牛中贵族。托了它的名气,神户的知名度似乎不算太低。只是,名气虽大,游客却很稀疏,这是我来神户工作后了解到的。

实际上,很多都道府县的名字和都道府县厅所在地的名字一样,比如福冈县和福冈市,广岛县和广岛市,长崎县和长崎市,京都府和京都市;但也有些都道府县和都道府县厅所在地的名字不一样,知名度却很高,比如北海道和札幌市。兵库县和神户市给人印象中尴尬之处,正如爱知县和名古屋市。名古屋绰号"丰田城",声名远扬,而它的上级爱知县却鲜为人知,想来爱知县知事一定默默咽了不少苦水。

兵库县是日本的"千年老七",无论人口、GDP还是盛产美女的排行榜,在过去几年间总是巧合地排在全国第七,但知名度就未必这么靠前了,完全没有"省会"神户市出名,偶尔也遇到极其尴尬的场面。有一次参加活动,现场记者提问时对着知事脱口而出"我想问一下我们神户县……",好在翻译及时纠正,否则知事老爷子一定要现场擦汗捂脸了,他本来就很懊恼"我们兵库县不比大阪差啊,怎么游客就尽往大阪跑呢?"……

虽说记者少了点专业性,但也间接反映出这个被称为"日本缩影"的县确实还有待大力宣传。

这个别称是我赴任没几天从当地人口中了解到的,语气里带着掩藏不住的骄傲。至于"日本缩影"从何而来,得先看一看"日本的全景"。日本与中国一海之隔,但每个人对此的认知不尽相同。位于亚欧大陆东部的日本,领土由北海道、本州、四国和九州4个大岛,以及周边近7000个小岛屿组成,陆地面积约37万平方公里①,大概是两个广东省大小。东部和南部为一望无际的太平洋,西邻日本海、东海。这里位于地震带,自然灾害多发,自然资源匮乏,但工农业都很发达。从战后五十年代开始,日本经济开始高速发展,成为最先迈入发达国家行列的亚洲国家。尽管泡沫经济后,处处唱衰"失去的20年",但日本在软实力上展现的"MADE IN JAPAN"影响仍然不容小觑,茶道、日料、漫画、日剧、日本禅文化等"和式"文化影响全球。这座小巧精致的岛屿,有4项自然遗产、16项文化遗产,底蕴深厚,每年都吸引着越来越多的游客。

再看"日本的缩影"。兵库县北邻日本海,南经濑户内海和淡路岛,与太平洋相望,南北都靠海,有得天独厚的地理优势。兵库人在自己的地盘就能实现夏天享受海水浴,冬天享受滑雪和温泉的休闲生活。交通位置方面,作为关西地区"京阪神"②的组成单位之一,兵库县和京都、大阪实现了"一小时交通圈",东上进京,西

---

① 本书所涉及的数据,除有特别标记外,均为2016年至2017年间撰写本书时所查询的数据。
② 日本京都市、大阪市、神户市的合称。

下九州，搭乘新干线都能在2个半小时左右到达，南下穿过淡路岛，就能直通四国。

兵库县的"地大物博"，在气候与风土的差异上最能体现。县内五大地区——摄津（神户、阪神）、播磨、但马、丹波及淡路，各有特色。

神户、阪神及播磨地区的人口占全县90%以上，集中了钢铁、造船、机械等产业，重工业以川崎重工、神户制钢所为代表；丹波、但马、淡路地区山清水秀、自然优美，农林水产十分发达，除了世界闻名的神户牛，丹波黑豆以及明石的海产也在日本国内美名远播，可以说是一个工农业都很优秀的县。

除了拥有出色的地理位置和不俗的经济实力，充满魅力的文化底蕴也给兵库县锦上添花。兵库人最大的骄傲是世界文化遗产之一的"姬路城"，碧空之下远远望去，蓝白交映美不胜收。

县厅所在地神户也是充满魅力的城市，这个早期开放的港口城市有着充满异国风情的北野坂和旧居留地，洋气程度可媲美欧洲，同时，神户也有日本三大中华街之一的"南京町"，可谓中西交汇，完美相融。

全日本最出名的高中生棒球联赛"甲子园"，其场地就在兵库县的西宫甲子园，联赛也因此得名；另一处名叫"宝冢"的小城则因"宝冢剧场"[1]闪耀光环，这里孕育了多位日本一线女演员，是一个非凡的小城。

至于美食，神户甜点在日本与神户牛肉齐名，店铺多且水准高，这得益于神户早期的对外开放政策。兵库县的年均西点消费量

---

[1] 宝冢剧场是日本宝冢歌剧团的表演场地，由阪急企业创始人小林一三创立，团员全部为未婚女性。

常年稳居日本第一，爱之深可见一斑。

"なるほど"（原来如此）。在兵库一地就能体验到日本的方方面面，这里连接着繁华与宁静，经济与文化，西方与东方，它们荟萃于一处，大有"兵库归来不看日本"的架势。

只是最让知事感到头疼的事情，是来兵库县旅游的人没有像赴日游客那样疯狂增长呀！

4 日本县厅长什么样？

与负责人到达神户的第一天，距离下班时间仅有两个小时，我拖着大小行李箱，天真地以为会直奔住处，却被带到了即将工作一年的办公室。

大概是初次相见时过于疲惫，我完全没有心思好好欣赏这栋看起来仍然很年轻的40年老楼。后来副课长告诉我楼龄时，我像看到一位面相40岁而实际却已年过60岁的"欧巴桑"①一样吃惊，不禁想到，日本的楼和日本人一样显年轻吗？

日本建筑物保存之好的确令人赞叹，看看京都满大街的千年古刹就心服口服。只是没想到景区之外，连住宅楼和写字楼都这么干净整洁，说是新建的也毫无违和感。

兵库县厅共有三栋大楼，1号馆有40年历史，2号馆和3号馆为后来新建，但外观上看不出太大区别。直到后来去了年轻的3号馆，摸到那厚实的木门，走在静音地毯上，进入干净明亮上档次的卫生间，才知道我每天出入的1号楼有多昭和风。难怪同事第一天带我参观办公楼时略带歉意地提醒，"我们的厕所很旧哦，是蹲便……"

政府部门不是购物商场，不必拼硬件，看地理位置就知道地位。兵库县厅离神户商业中心三宫仅有一站地地铁的距离，步行只需十分钟；北靠六甲山，山顶夜景是日本新三大夜景之一，南朝碧海晴空的神户港，当真是进一步繁华，退一步宁静。即便没有气派

---

① 日语"おばさん"的发音，指大妈、阿姨，泛指中老年妇女。

的大门，大楼本身已自显庄重。

小小的感应门进出自由，没有任何阻碍。门口的保安大叔和蔼可亲，尽职尽责地负责看门，但挡不住闲来无事的大爷，他们常常来的比公务员还早，坐在大厅椅子上看晨间新闻，自由随意。大楼顶层有政府食堂对市民开放，不过口味欠佳，公务员们都不怎么去。

大厅少不了咨询台，无论什么疑难咨询，前台的姑娘总是微笑着，给予力所能及的解答，告诉你去几楼的办公室处理。

电梯里贴有一张楼层指引图，从中可以看出不同颜色代表不同

县厅的三栋楼

的所属"部"。"部"的下属行政机构是"课",业务较多的部门,中间会增设"局"。如我所在的国际交流课与经济交流课属于国际交流局,又与观光振兴课和经营商业课同属产业劳动部,便都位于同一色系里。

有些部门的设置看起来很熟悉,但有些与中国有不小差异。名字比较有趣的是"企划县民部",其中"消费生活课""县民生活课"等机构解决百姓生活难题,"女性青少年课""男女家庭课"致力于推动日本社会当下亟待解决的晚婚晚育和少子化问题。虽然中国也有类似机构,但日本的名称设置与分类则不尽相同。

办公楼的电梯不大,最多容纳10人,但不论人多人少,空气都沉默到尴尬。到达7楼,踏着高跟鞋,"嗒嗒嗒"的回声在狭长的楼

电梯间贴的楼层指引

道里飘荡，尽头是一团模糊的光晕，刺得眼睛忍不住眯起来。走两步就是国际交流课的办公室。

门很有历史感，从缝隙里积满的灰尘就能感受到。一进门，先和大家打声招呼"早上好"，把包和外套放到个人专用置物柜，便开始一天的工作。

日本是个很会利用空间的国家，办公空间也不例外，抬起头看办公室，总觉得满满当当，人、桌椅、柜子、资料，塞满了屋子，绝不浪费一丝缝隙。

我身后有一排书柜，算是隔开了"邻居"——经济交流课。整个房间全员将近30人，但经常有人出差、开会或会客，因此聚齐的日子不多。

万幸不用经常聚齐，否则这个狭小的空间恐怕会缺氧。而雪上加霜的是，陈旧的中央空调常常不给力，夏天一到，大叔们都在衬衫口袋里别一把折叠小扇子，甩开的那一声"唰"，常让我联想到日本人穿着浴衣在榻榻米上喝茶的场景。

空间有限，只有课长和副课长的办公桌独立出来，正对着我们，其他人则拼桌办公，有种强烈的日企即视感，哦不，可能日企比我们还宽敞明亮点。

不止办公区挤，茶水室也挤。局长有一间独立办公室，外面带一处2平方米大小的区域便是茶水室了。摆放茶具的桌子一看就比我年纪大，充满岁月打磨的古董气息。

此外，30人共享一套办公设备，经常会出现混用的情况，比如在打印机吐出来的资料里翻半天，才能找到自己的文件，有时候被人拿错了找不到，刚重新打印好，之前的那份又被送回来，就有些浪费纸张。

最尴尬的是在单行道的办公室过道上，每个人每天要互谦互让好多次。男士让女士先走，下属让上司先走，空手的让端咖啡的先走……但"撞车"事故还是不时上演。

在这里工作一年，我很少有机会参观其他办公室，不知道是否和我们这里的神韵相似。偶尔经过楼道时悄悄朝其他办公室瞥一眼，看到地上堆成小山的资料，有时还需要跨步迈过去，才发现国际交流课的办公室有多么"大气"。

5 在县厅上班的都是公务员？

在日本居住，需要解决的事情不少，网络、电视、居住证，要一个个办理。每次填个人信息，在"工作"一栏写到"兵库县厅"时，含蓄的日本人会忍不住露出几丝惊叹，更有沉不住气的则脱口而出，"在县厅上班啊？好厉害！"

在他们眼中，在县厅上班的都是公务员，拿着不菲收入和奖金，享受各种好福利。不过，厉害是人家的，和我这种临时交流员没太大关系。

刚开始我也以为除了几个交流员，在这里上班的日本人都是考试进来的正式公务员。没过多久我就发现并非如此。

起因是入职没几天，我发现办公室的同事似乎彼此不太熟，一打听才知道，整个办公室有一半的人和我同期进入国际交流课。这就有点新鲜，中国的公务员几乎在一个办公室可以工作到退休，而日本则不同，每隔两三年，正式公务员就会从一个部门调到另一个部门。

有几位同事职位更特殊，属于合同工，比如坐在我斜对面的美莎子小姐。

准确来说，她还不算县厅员工，是通过CLAIR面试进来的。因为JET是CLAIR的项目之一，需要在县厅安排一个职位，负责联络工作。

美莎子小姐的出勤率也不一样，开始我感觉她好像每周有一天缺勤，后来发现固定在每周二。不仅是她，办公室最小的姑娘夏川蓝（后文称"小蓝"）也是每周四固定缺勤。后来我才知道她俩是合同工，每周只需上四天班。除了主要工作，她们还负责办公室的清洁等杂务，薪水按时薪计算，没有福利。更让人没有安全感的是，即便如此待遇，最多也只能做三年，合同期满要另谋出路。今年恰好是小蓝在县厅的最后一年，常常听她感慨着前途迷茫。

每个办公室都有这样的岗位，但交流课比较特殊的还有翻译岗。一般来说，国内的外事办有专门的翻译组，且如此稳妥的铁饭碗绝不会签合同工。但兵库县厅的翻译岗就是合同工。

知事的常备翻译人员有三位，一位中文翻译，两位英文翻译，这也客观反映了大国地位。中文翻译浅田桑曾在北京留学五年，对中国无比了解。我们俩在办公室都用中文聊天，相互补足信息缺漏。由于英文的使用范围太大，所以有负责英文笔译的中山桑和负责英文口译的宫泽桑。

中英文之外的语种，有交流员就由交流员承担，如韩国的闵桑和以前的法国交流员；如果县厅没有现成的语言翻译人员，就临时在外聘用，找留学生或大学外语老师。

当然，最常伴知事身边的还属宫泽桑，其次是"中国通"浅田小姐，她不仅出席各大会议，也跟着知事出国访问。办公室里，局长和课长都会两三年一换，这几位翻译人员却做了十年以上，比历任课长还有经验。每次人事调动来了新课长，还不熟悉外交流程时，都找宫泽桑了解情况，问她比查任何资料都准确。

然而，即便有这样的地位，她们也不是县厅的正式公务员，而是一种特殊的职位——嘱托员，即对有专长和特长的人采用高薪、短期的雇佣形式，日本的职业运动员就属于这种工作性质。其实这在政府部门和企业里也常见，对公司来说，这种形式节省成本，还可以在用人不合适的时候随时解约。但对个人来说，虽然工资高，但缺少长期的雇佣保证，还是难免充满了危机感。

不过，知事的随身翻译相对稳妥些，找到"情投意合"之人不易，而且做得越久越吃香。外事活动的细节，领导的说话习惯，掌握这些常识不仅需要技术，更需要经验。哪怕年年更新合同，这些高级人才也不会轻易被更换，只要她们自己愿意续约，别人就难有机会进来。但浅田桑悄悄吐露，所谓高薪是和社会平均工资相比，如果和办公室的公务员一比，就是小巫见大巫了。

所以即便在知事面前混了脸熟，也给不了内心的安全感。尤其是负责中文的浅田桑，中日关系的好坏直接挂钩她的工作量和存在感。

6 铁饭碗要不要?

与我同期进入国际交流课的同事里,大多数都是从其他部门调任过来的,只有一位姓桥下的男生是当年的本科应届生。桥下从鸟取大学法律系毕业,参加了公务员考试,最后通过考核后被分配到国际交流课,令其他同学们无比艳羡。奇怪的是,他并没有填报这里,被人问起时也总是一脸无辜:"我也不知道怎么被分来了这里……"这令那些外语比他好、更懂得人情世故的同级生感到无比懊恼顿足。

事实上,也不怪这个兵库县土生土长的老实男生,因为日本的公务员分配确实难以捉摸。

桥下外语一般,但考上日本的重点大学也称得上是学霸,又在竞争激烈的公务员考试里过关斩将,可以说明学习能力之外的综合素质达标。他考取的兵库县厅属于地方公务员,占公务员总数的四分之三,余下四分之一是门槛更高的国家公务员。

日本对考公务员的学历没那么高要求,高中毕业和博士毕业都有机会,但参加的考试不同。报考国家公务员的话,本科毕业生参加第1类考试,录用后可以担任事务官;专科毕业生参加第2类考试,录用后做一般公务员;高中毕业生参加第3类考试,录用后只能做辅助性工作。通过第1类考试的人,基本等同于"精英官僚",不仅将铁饭碗收入囊中,还享受着"无过即有功"的稳定条件。

理论上说,通过1类考试的人在退休时都能以局长甚至副部级(相当于国内副厅级)着陆,而第2类、第3类公务员最多只能做到保长(相当于国内科长)。通过1类考试的难度可想而知。

报考地方公务员，即我所在的兵库县厅等地方政府，需要通过地方公务员考试。地方公务员也能进入国家公务员系统，但只能做"一般职"，比如前两年人气日剧《半泽直树》里，从大阪国税局升到金融厅检查局主任检察官的黑崎，就是这种情况。与"一般职"对应的是"特别职"，该职位通过选举产生，或者由上级直接任命，大多由政治家担任。

除了国家和地方公务员外，法律系、经济系、公安系、教育系从业人员也属于公务员行列。在日本，老师们一直与公务员平起平坐，也时常有教育岗和行政岗之间调换的情况。

除了仕途稳定，收入稳定且不菲也是公务员的职业亮点之一。

做一名地方公务员，平均月工资约为33万日元，一年两次的奖金另算。据2014年的新闻报道，日本国家公务员的冬季奖金（年终奖）平均额度为69万1600日元，即一年的奖金约为138万日元，地方公务员虽然有些差距，但年收入拿到几百万日元还是没有问题的。

日本总务省：按照职种不同的平均月收入
（2020年全国地方公共团体）[1]

单位：日元

职种区分	平均年龄	平均月工资	津贴额	平均月收入	平均月收入（对比国家平均值）	国家公务员 平均年龄	平均月工资	平均月收入
全职种	41.8	327970	84100	412070	372062	42.9	337788	416203
一般行政职务	42.1	316993	83867	400860	360949	43.2	327564	408868
技能劳务职务	51.3	313801	60138	373939	351974	50.9	287283	328862

[1] 来源网址：https://www.soumu.go.jp/main_content/000660802.pdf。

(续表)

职种区分	平均年龄	平均月工资	津贴额	平均月收入	平均月收入（对比国家平均值）	国家公务员 平均年龄	国家公务员 平均月工资	国家公务员 平均月收入
高等学校教育职务	44.8	372405	59009	431414	412285	—	—	—
小·中学教育职务	42.1	353398	55605	409003	395110	—	—	—
警察职务	38.4	323548	133024	456572	371763	41.4	319832	378311

与普通上班族相比，上述收入的确颇为可观，至少择偶方面不会有经济压力。在一则纪录片中曾提到，通常女性希望另一半的年收入达到400万日元，这样看来似乎公务员结不了婚应该不是经济问题。但比下有余，比上不足，与那些一毕业就进入三菱商事、三井物产等大财阀集团或者世界名企的同学相比，差距也会逐渐显露出来。那些"金领"在30岁之后，一般年收入可达1000万日元以上，薪资上升空间也比公务系统可观。

至于退休后的养老待遇，公务员虽说比中小企业宽裕，但仍然比不上大企业员工。公务员的年金（即养老金）由个人缴纳的保险金和国家财政两方面承担，大企业员工通常还有自己的企业年金。

更为难的是，除了兢兢业业为人民服务，公务员还得以身作则。如"3·11"东日本大地震①后，临时搭建了很多救急住宅，公务员家庭却要排到最后入住。

至于公款消费，更是没有可能。即便和领导吃饭，也大多是AA制，领导偶尔才出钱请客。几年前东京都知事舛添要一因为出差坐飞机头等舱和被爆料拥有私人豪宅而被拉下马，事情闹得满城风

---

① 2011年3月11日，日本东北部太平洋海域发生9.0级大地震并引发海啸，是日本战后至今损失最惨重的一次自然灾害。

雨,堪称以身试法的典型案例。我来兵库县厅后也听日本同事说过,这里好几年前有一个小小的贪污案,当事人直接被开除了,可谓得不偿失。在日本,比失业更可怕的是大家的眼光,失去信用是一件非常危险的事情。

为了保住手上的铁饭碗,大家小心翼翼地尽职尽责,在纳税人面前保持着"服务态度"的谦逊与恭敬,重复着他们自己口中"平淡枯燥"的工作。

与此同时,铁饭碗还对应着相应的牺牲。日本有梦想和抱负的年轻人不再像上一代人那般热衷于报考公务员,更愿意去企业闯荡一番,追求自己想要的人生。

就像我和桥下聊天时问他同龄人考公务员的情况,他颇自嘲地说:"像我这种内向老实的人才适合做公务员,我很多同学都去企业啦!"

7 日本公务员的额外业务

今天敲电脑时又听到了大叔熟悉的慷慨激昂声。

印象里,这位六十多岁的大叔来了好多次。每次来他都点名找知事的御用英文翻译宫泽桑,每次都为了同一件事——找宫泽桑指导英语。

宫泽桑以前在美国留学,也在德国生活过,经历丰富,谈吐得体,颇有御姐风范,总能成为话题的引领者。大叔也喜欢和她聊天,觉得很舒服。

但志愿工作任谁也无法次次耐心,毕竟正经工作还堆着做不完呢。宫泽桑有空的时候会温柔应对片刻;大多数时候,她从声音或脚步声感受到大叔靠近,就立即猫腰潜逃,或者避开大叔的视线范围,以免成为目标。

在办公室看不到宫泽桑,办公室的后勤大姐——菊川女士,便挺身而出硬着头皮接待他。但大叔不领情,激动陈述着自己过来多不容易,只是想享受一个普通市民应该享有的权利。说到激动处,声音激昂,整个办公室能立体声环绕。菊川大姐心宽体胖,继续温柔相待,直到大叔发完牢骚,才送至电梯处,礼貌送别。然而没过多久,重复的一幕再次上演。

还有一位印刷公司的大叔也定期上门。好像他和县厅有过合作,时不时就过来刷存在感。和课长打招呼充满粗犷的关西风①,手

---

① 日本关西地区包括京都府、大阪府、滋贺县、兵库县、奈良县、和歌山县、三重县等"二府五县"地区,该区域民风比较粗犷豪放。

一挥,"喂,木村桑,好久不见啊!"课长则平易近人,谦逊地点头哈腰,"您好您好!好久不见……"

但大叔的目标是我们这一桌。每次他一进办公室,韩国的闵桑就拿起钱包下楼买咖啡。大叔走来中文桌,没话找话地和我说两句,再和浅田说两句,"我也想学中文啊,你们帮我做个中文的寒暄语的资料嘛!'你好啊''早上好啊'之类的,教教我……"刚开始我还笑脸相迎,后来发现这是个无聊的闲人,遂态度转冷。好在他有自知之明,经常直接找浅田。温柔的浅田无奈地继续招架,陪大叔硬聊。

除了这些常客,还有不速之客,莫名其妙就找来这里了。诸如以了解兵库县的国际交流工作或反映自己的生活难题为由,趁机和公务员们聊天的老头儿。日本的公务员毕恭毕敬,若是无端被寂寞老头儿给缠上,随便聊聊一小时就过去了。

直到老头儿们说得差不多了,或者公务员们实在不能奉陪了,才得以找个借口脱身,将他们送至电梯,微笑着挥手道别。

此外,我还遇到过一名堪称"杰作"(日语里称"极品"时会用的词语)的来访者。

一天清早,桥下君接到一通市民电话,说她在读老年大学,有篇论文想要找我们的英文翻译帮忙修改。这明显是无理要求,不过大妈能想到找国际交流课倒是创意颇佳。

老实的桥下完全招架不住,客气迂回一番后,委婉拒绝,却被大妈怼得脸色煞白,"帮助市民提高国际文化视野,难道不是你们国际交流课的工作吗?"桥下吓坏了,敷衍了两句,说和同事商量一下,稍后回复。

正赶上英文翻译宫泽桑和Jack恰好外出了,很少态度犀利的浅田小姐这次直截了当地告诉桥下,"她这是无理要求,你拒绝就可以了!"但桥下仍表现出一脸为难。

无奈电话还得打回去,桥下依旧客气迂回一番,"您的请求,我们课可能无法受理……"然后就握着话筒,整个人僵住了,大概被对方的气势所震慑,赶紧用口语向我们求救,灰溜溜败下阵来。浅田示意他把电话转拨过来,帮桥下解围。但没说两句,就感觉她有些生气了,虽然全程都在说敬语,但最后竟出现"我说的是人话"这样的对白,争吵之激烈程度可见一斑。

恰好副课长正在旁边给桥下交代工作,听到这样的对白不免被惊到,其他同事做了一通解释。被对方挂了电话的浅田说:"她挂电话了,可能等下直接打给桥下。"

此时的桥下,又僵住了。

正说着电话就响了,副课长大义凛然地接招,耐心听完对方的请求,委婉地推展几个回合,最后竟也被推倒,告诉对方:"等我们的英文翻译回来后,我和他们说明一下情况,再回复您可以吧?"这边的我们面面相觑,难道和奇葩的纠缠没有尽头了?副课长八面玲珑的形象一落千丈呀!

挂了电话,副课长交代我们,"你们下次回电话,下班前几分钟打,然后说我们快下班了,拖几次她就知趣了。"原来如此,既没有直接拒绝对方,也不会给办公室添麻烦了。经验丰富的副课长果然灵活得多呀!

这就是日本公务员每天工作之外要处理的事情。想来,老年生活课或者社会福利课之类的部门,应该会有更多人登门"陈情"(可理解为上访)。因为县厅的大门随时向市民敞开,没有问询登记,也没有安检,大厅指示图一目了然,想去哪个部门直接乘坐电梯就到了。不知道找谁没关系，反正有人接待你；要求无理也没关系，反正没人会对纳税人怎么样。

只是，万一遇上恐怖袭击，或者报复社会的情况怎么办呢？日本社会不是没发生过这样的惨案。

我好奇地问了问浅田，谁知道说中她的心声，"我一直都这么担心呀！也不安检一下，谁都能进来，多危险啊！所以兵库县警局就在我们对面！"

"在对面也没啥用吧？"

"是啊，无非是处理后事更快……"

如此看来，没有安全保障的日本公务员们，除了工作兢兢业业，还得把市民伺候得妥妥帖帖，真不容易。

8 上司的名字怎么叫？

我很怕叫日本人的名字，因为实在难读。

中国人的常用姓氏是百家姓，而日本人常用姓氏只有四十多个，前三名是"佐藤""铃木"和"高桥"。但放眼全部数量，中国目前在用的总姓氏有六千多个，日本总姓氏竟达到了29万个！然而，日本人口却只有中国的十分之一。我记得留学时日本老师上课点名，只念姓不念名，因为全班同学有着不一样的姓氏。

有些姓氏不仅罕见，还让人忍俊不禁，遇上"我孙子""犬养""御手洗"（日语里是"厕所"的意思）和"猪饲"之类的姓氏，中国人看到会哑然失笑。对学日语的人来说，这不是好笑的问题，头疼的是不会读。虽说日语里每个汉字有固定发音，但一到人名地名，发音就会变得特殊。别说外国人，就连日本人也怕看到不熟悉的姓氏，万一念错了上司或客户的姓氏，那可就尴尬了。

中国人对汉字敏感，日语里的汉字也会比较好记，但日语发音就没那么好记了。好在日本办公室里不需要念名字，比自己级别高的人，直接念职位就好，着实省事。

比如我们大办公室的领导是国际交流课课长，他的姓氏是"木村"，念"木村课长"当然没错，但直接叫"课长"就更尊敬，重要的是这样称呼也更方便啊！

虽然身为课长，却没有独立办公室，只有到局长级别才有，因此课长和大家经常共处一室。经济课与我们之间有一排书柜相隔，所以这两位课长同在一个屋檐下。

"课长"职级之下是"副课长",也就是"副处"。我的副处级领导姓"平泽",在北京工作过两年。刚开始和他打招呼,我省略掉"副",直呼"平泽课长",却被他当面指正,"哎呀,你们中国不怎么叫'副',但在日本可不行啊,毕竟我不是课长啊……"从此,我懂得正副分明在日本有多重要。

国内"副处"职级之下是"科长",对应的日语名称是"班长",每次和班长打招呼,脑海里会想到"班长好",有一种回到小学时代的错觉。我们办公室就有好几位班长。国际交流课分地域国际化班和交流企划班,前者负责国内事务,后者负责大工作量的国外事务。两位班长各自领导一个团队,因国外班的工作多,就根据语言划分工作内容,简单粗暴地分为欧美组和亚洲组。这两个组没有组长,有的只是两名"主干"。

"班长"职级之下,大家平起平坐,都是日语里的"平社员",也就是没有头衔的职员。想做领导不用急,慢慢等就行,因为在"年功序列制"①的背景下大家都能升职,只是升多少、什么时候升的问题。

升了职之后,除了上司可以直呼其名,下面的人都可以直接喊头衔。

不过升职之前,大家彼此间还是以名字相称。一般在名字后面加上"桑",男士也可以加上"君",所以我还是得努力记住大家日语名字的发音。

---

① 年功序列制度是日本企业中的一种论资排辈的薪金制度。

9 感谢您一直以来的关照

来日本前,我在国内只做过日语老师的工作,没有在公司上过班,一直很羡慕出入高级写字楼的干练女白领——她们妆容精致,衣着光鲜,气场强大,走路生风。这次赴日工作,我的期待之一便是终于有机会在办公室上班了。

然而,从进入办公室的第一周起,我想进出高档办公楼的愿望,就破灭在此起彼伏的固定电话铃声里。如何打固定电话,成了我在日本办公室学会的第一件事。

不知是我高估了日本的发达程度,还是低估了日本的保守文化。当智能手机在中国大陆已经十分流行,我很难相信日本还有不少人在用非智能机,甚至是翻盖机,毕竟日本在全世界眼中都是科技极其发达的国家。不止是我这个中国人惊讶,美国交流员也对这一点感到十分震惊。所以办公室还在用座机办公,很少用私人电话也就不足为奇了。

很多人在日本学会的第一句话是"すみません"(包含"对不起""不好意思""麻烦了"等很多意思在内的万能话术),那在日本职场学会的第一句应该是"いつもお世話になっております"(感谢您一直以来的关照)。

使用这句话的频繁程度,是接了电话后,无论是否找你,也无论任何事情,只要说了"喂",待对方自报家门后,这句话就登场了。以如下对话为例:

办公室某人：もしもし。（喂。）

对方：高校教育課の佐藤です。（我是高校教育课的佐藤。）

办公室某人：いつもお世話になっております。（感谢您一直以来的关照。）

对方：こちらこそ、いつもお世話になっております。あのう、木村課長はいらっしゃいますか？（哪里哪里，是我们一直受您关照。请问，木村课长在不在？）

……

如此，一番迂回后才知道找谁。如果课长还在，接电话的人就会转接内部分号，将电话转给课长，待对方再次自报家门，两人再寒暄一回，才能说上正事儿。

如果课长不在，接电话的人得用十足抱歉的语气向对方说明情况，再打开办公室共享的日程表，提供更详细的信息，告知对方课长今天去参加了什么活动，大概什么时候回来，需不需要留个口信之类。一般情况下，对方会说过会儿再打，但也有需要传达的时候。接电话的人在便签条上写上某某部门的某人有来电，并将便签条放在办公桌醒目的地方，等他们回来看到便签条，会在第一时间回电话。但这并不能让人放心，万一他们回来没留意便签条，接电话的人还得提醒一下，真是操不完的心。

为什么不直接打手机呢？这样既可以马上找到人，也能立即处理事情啊！这是我在这里一年也没有想明白的问题，最后理解为"公私分明"，工作时间就用工作方式联络，没必要牵扯私人信息。

于是，平常我只能悄悄留意同事们打电话的台词，暗暗记下模仿，在每天不停作响的铃声里，留意着电话有没有人接。30个人共用十多部电话，总会有离我最近的那部响起的时候。

刚开始我很怕接电话，因为日本人大概也觉得开场白太麻烦，于是报名字的语速飞快，我几乎从来没能在第一遍就记下他是谁、来自哪里，经常顾前不顾后，无奈地问对方："不好意思，请问是哪个部门？""不好意思，请问您的名字是？"

由于大家基本不用私人电话，我工作很长一段时间后，才在某次外出联络才知道身边同事的手机号码。

办公室里每天大概有近百次电话响起，重复固定台词不仅浪费时间，也会干扰正专心致志工作的人，但他们一旦接起电话，就会瞬间变身为客服小能手。

10 午休时的沉默

来这里工作三个月后,我在浅田小姐的带领下,吃遍了单位附近各种日餐、西餐、中餐的"定食"(日语单词,指套餐)。然而,磨合期一过,我的中国胃就开始抗议了。炎炎夏日,我好想来一份自制的味道浓郁的麻婆豆腐,一口下去多么舒服!于是也开始尝试自带便当,在短暂的午休期间不用匆忙外出觅食,可以悠闲地在办公室度过,也由此看到了同事们的午休状态。

午休时间从12点到1点,一到饭点,县厅三栋大楼里会像小学课堂一样同时响起铃声。伴着铃声,电灯统一熄灭,一切信号都在提醒你:吃饭时间到了。

这样的后果是,每当快到12点时,大家就不由得紧张起来,想赶紧把手头的事情做完,迎接愉悦的午饭铃响。还要做的是,要在打铃瞬间假装从容地拿起钱包冲向电梯,只为抢到电梯位。这栋办公大楼有三千多人,但只有3架客梯和1架货梯,早一分钟晚一分钟区别会很大。晚的后果是,每次开门的电梯间都是满载,而且鸦雀无声,然后门再默默关上。等电梯的人很无奈,电梯里的人更无奈,因为每一层都要经历开门、被围观、关门。好在我们在7楼,不高不低,大家索性一出门就自觉直奔楼梯,只听得噼里啪啦脚步声响,像日本人地震避难般迅速有序,连穿高跟鞋的姑娘都练出了高超的下楼技巧。每次下到一楼,我都一阵眩晕。

我常常想,为何不采取打卡休息制?这样既能控制大家守时,也能缓解电梯人流、避开餐厅的用餐高峰,不至于在短短一小时内还要排队吃饭。

也许从没有人给后勤部门提出建议，也可能有人提出过，但没有解决办法。常听到周围同事抱怨，却终究日日如此，年年如此。

于是，沉默的电梯间，沉默的楼梯走廊，只有电梯门的"叮咚"声和楼道里的"嗒嗒"声回响。每个人也沉默着做一样的事——抓紧时间冲进餐厅，或者冲去便当店。只有点完菜的那一刻，才终于松一口气，有空和同事聊上几句，一个人吃饭时只能继续沉默。

而即便在餐厅聊天，大家也不会太热闹，所以很少在午饭时听到有人高谈阔论或爽朗大笑。只有在晚间时分的居酒屋里，当有了酒精的助攻，日本人才能稍微放开声音，从日本人变为"喝了酒的日本人"。

留在办公室里的是自带便当的姑娘，还有吃爱妻便当的大叔。有便当吃的人，几乎日日中午不下楼，能在办公室坐一天，比如我的顶头上司冈田先生。

每天，他都会在铃响的一瞬间从包里取出便当盒，解开传统的"风吕敷"[①]，打开便当盒开吃，在十分钟内解决，然后去水房冲洗便当盒，回来戴上耳机，闭上眼睛开始打盹，直到1点铃响。

有时，这个大桌子只有我们两个人留在办公室，沉默着各吃各的。空气里飘着无法散开的尴尬，他也觉得有点僵，就有一搭没一搭地聊些日常，说他在新加坡单身赴任[②]时吃腻了麦当劳，在斐济工作时好无聊之类的事。继而跳到我吃的东西，然后是中国菜好吃的话题。但对话也仅限于吃饭的时候，吃完饭他就沉默了，我就继续

---

① 风吕敷，指日本传统用来搬运或收纳物品的包袱布。
② 单身赴任，指企业员工因工作调动与家人分开，去异地长期工作。

刷自己的手机。

抬头看看前后，留守办公室的人都默默不出声，打电话都得去外面的走廊，小心着低声细语，否则安静的楼道会瞬间变成最佳的立体声环绕音响。

不过，有年轻姑娘的地方总有春风拂面的朝气。办公室中间的大会议桌是姑娘们的午休时间聚集地。以前在这里工作过的几个女生后来分到了其他办公室，但大家约好午休时间回来老地方，找我们的小蓝一起吃饭。每每这时，办公室就充满女孩子们欢快的说笑声，关于美容，关于八卦。她们才不顾及那些沉默的大叔呢，与其说是打扰，我觉得大叔们说不定很享受。

吃完便当到走廊尽头的水房冲洗餐具时，每次都能看到公共沙发上有人睡着，摆着不同的睡姿。矜持些的交叉着双臂，豪放些的干脆直接躺下。

和同事聊天时，说起我上大学前都会在中午回家吃饭，父母也回家做饭，午休时间有两个半小时，吃完饭还能睡一觉再去上学或上班，日本人震惊的表情似乎又被颠覆了三观，极其羡慕地说："那就意味着一天三顿都跟家人在一起吃吗？"答曰"是啊！"，于是他们更羡慕地感慨道："中国好人性化啊！"我也不好再补充一句，因为那是我老家小城市的作息时间，中国大城市的年轻人可都靠外卖续命呢。

吃完便当，我常常在打铃前去超市买咖啡，会路过楼下的吸烟区。那里也是一片沉默地带，每个人各自占据一小块地方，保持着礼貌的距离，抽着烟，或玩手机，或喝咖啡，但没有交流。也许他们天天都碰面，但并不熟识。

最后的高潮在上班铃响之前。吃饱了饭，大家都懒洋洋的，那表情明显在说"不想上班啊！"。临近打铃，电梯间再次迎来高峰，却不再有刚才那般积极。大家宁愿在大厅等上三五分钟的电梯，也不愿爬楼梯。

于是，人们有秩序地一拨拨走进电梯间，默默按下楼层，默默走进办公室。

有趣的是，只要铃一响，气氛就紧张起来。总能听到还没回到办公室的人一阵小跑，走廊里响起的急促脚步声。如果不小心迟到了，就得赶紧回到自己座位，做出害羞的不好意思状，小声嘀咕句"すみません"（对不起），虽然并没有人接话。

工作时间里，沉默是主流，偶尔才能闲聊两句。除了工作上的事情，大家几乎没有多余话语。

只有一天的工作结束后，尤其是"真真假假"的加班之后，日本人才能松一口气，抖落出一天的话。第二天，又开始度过沉默的一天。

每次被办公室的沉默笼罩时，我都忍不住想，如果午休时大家可以更随意一点，多交流一点，会不会也更轻松一点呢？

不过那样的话，就不是日本人了。

11 你们真的是在加班吗？

送走了黏糊糊的梅雨，神户来势汹汹的炎热告诉我，这里的夏天一点儿都不输广州。树上的乌鸦都热得消停了，不像春天叫得那般欢腾，懒懒散散地拖长了尾音，好像只是为了证明自己还活着，没了之前的嚣张。

东九区本来天亮得就早，这个季节更早了，让人怀疑夜晚只不过是顺路经过，急匆匆要赶去东八区。

每年夏至如约而来之时，兵库县厅都会体贴地调整上班时间，称之为"summer time"（夏季时间），即提前45分钟上班，同时提前45分钟下班。这一调整从夏至到秋分，持续3个月。

今年遵循的是自愿原则，每个人可以根据自己的生物钟决定通勤时间。据说往年是强制的，大家必须步调一致地早睡早起。

交流员上班时间晚，但我一向磨磨蹭蹭，又习惯自己做早餐，晚点上班是更好的选择。何况提前45分钟下班还不到五点，回家也太早了，于是决定不跟风summer time。

而公务员们平时8点45分上班，提前45分钟的话，就得8点到单位。全民工作狂的日本人，几乎全员提前到，如果通勤花费一个小时，就可以推算出起床时间了。我想当然地以为今年自愿的话，应该没几个人会调整。

没想到的是，办公室里几乎所有人都选了summer time！只有我和憨憨的桥下君除外，桥下说他早上想过得悠闲点儿。也是，天天压力那么大，当然想多睡会儿。对比之下，其他人竟然略带期待地迎接着夏季作息开始的那一天！我当时没读懂其中的"空气"，还纳闷这二者有区别吗？上班时间不是一样的吗？

summer time实行的第一天，我和平时一样上班。到了下午4点45分，我一天中最低效率的时候，惊奇地发现办公室的人开始收拾东西，然后无比准时地匆匆离开了！我瞬间来了兴致，好奇地看着他们。

没几分钟，偌大的办公室只剩下我和桥下，他无比轻松地松了口气，还第一次主动和我聊起闲话。平时5点30分下班时，公务员们几乎没有人按时走，确切地说，我根本不知道他们几点走。有一次忘了拿东西，大概7点半回办公室时，大部分人还在。

但为什么所有人又准时下班了？

课长看到我按兵不动，依然在敲键盘，好奇地问，高桑你怎么不按summer time下班啊？我说4点多下班外面太热了。然后，课长开开心心地回家了。这还是我第一次见他走得比我早。

从实行summer time的第一天开始，这样的场景就像炎夏的气温一样稳定地持续着。

我也终于明白大家选择夏季作息的理由。比起平时正常的出勤，summer time是可以准时下班回家的一个冠冕堂皇的理由呀！一到秋天，作息要恢复正常，不止一次听到有人说，好希望一直采用这个时间表。

于是不禁想到一个问题，如果夏天你们可以不用加班，那另外三个季节的加班到底是在做什么呢？

12 有用的会和无用的会

日语中有个单词叫"打合せ",意思是"开会",但同时也有"会議"这个表达方式,只不过一用就显得很正式。

平时的碰头大家都说"打合せ"。比如我们去学校做文化讲座前,校方负责人会提前很多天来办公室,和我们"打合せ"一下,梳理当天活动的流程,并确认需要用到的材料;还有办公室有新年聚会前,负责组织的同事也会"打合せ"几次,商量饭店与活动安排、出现临时状况的应对方案等。

办公室中间有一张公用大桌子,除了午休时当餐桌用,最大的功能就是开小会。每一天都循环使用好多场,不论办公室内部会议,还是外部洽谈。

我参加最多的,是每周一的交流员例会。除了四名交流员,还有负责人桥下君,以及国际交流协会的负责人长谷川小姐,共同组成六人会议。

每周例会先确认这个月和下个月的安排,确认有谁请假,有谁接手了新工作,以及在时间上做出协调。交流员每年有20天年假,平时的非工作时间加班也可以换取相同时长的休假,只要不影响工作,什么时候请假可以自己决定,相当自由。我们平时回国探亲,或者在日本旅游,都是靠一点点攒出来的时间拼凑的。

有活动时会议很重要,大家可以一起商量方案,碰撞出新想法。不过,7月和8月是学校暑假,少了很多学校邀请,工作量大幅减少。即便大家心知肚明,会议也照旧按时开。常常是确认了谁请假之后，就变成了国际杂谈，开始讨论美国的墨西哥人和墨西哥菜、韩国的米酒，以及澳大利亚的花生酱等，不过日本的话题最容易引起共鸣。

慢慢的，我们的会议桌从办公室的公用桌转移到了里间的会议室，比起明目张胆的闲聊，办公室的气氛不可不在意啊。但也不能完全怪我们，如果不开会意思一下，也要被日本人当作无所事事，因为他们总有会议在开。

从局长到课长再到班长，每个人在一个又一个会议里连轴转。办公室里开会就像现场直播，虽然日本人说话声音秀气，但空间有限，其他人都能听到在聊啥；有时把会议室门关上，以示会议的私密性；更高级别的会议则要移步到部长或知事的办公室。

散了会的表情，大多是一脸疲倦，有时甚至会透露出几分"真是浪费时间，我还有好多事情要做"的神色。

有一天上午，隔壁经济课接待了一位日本大叔，用了离我们最近的公用桌，经济课全员陪同。大家都没怎么说话，只听日本大叔夸夸其谈。先是吹嘘一番上周去中国出差，然后吐槽航班晚点，接着说中国人真老实，晚点这么多居然不投诉航空公司，要是日本人早就抱怨了……听得我和浅田小姐默契地互相对望，禁不住翻白眼，"不是吧，他说反了吧。"

也许是刚从中国回来的兴奋劲儿还没过，嗓门大到对面办公室都听得到。经济课的人忍耐了一个多小时，任由他即兴发挥，连我们也无法幸免地经历了一场高分贝洗礼。直到最后，我才抓住重点，原来他认识很多中国教授，接下来要开展一些交流活动。好脾气的经济课课长全程陪着打哈哈，其他人只能正襟危坐着，祈祷大叔赶紧口渴。

在这一年间,总有这种不知所谓的会议,而真正需要开会的事情却被忽略。

每年春夏交接的时候,访问团比较多,每次接待外宾前,工作人员会收到一份任务表,每个人做什么都清清楚楚地在表格列出来,此外没有一句多的说明,全靠自己悟。但现场总有临时状况,表格里没有写的事情,不知道该由谁去做。

接待了很多次后,只能靠所谓的"读空气"来观察自己应该做什么。

大家的集体加班,跟又长又多的会议不无关系。工作时间里总有接连不断的会议插入,导致要做的事情做不了,无端拉低了效率。

当我抬头看到领导们又在"打合せ"的时候,忍不住感慨了句"又在开会啊……",引来了浅田小姐的认同,"没办法,衙门嘛……"

如此,也就理解日本前首相安倍晋三的睡意[①]了,普通人看起来那么重要的直播现场,对他来说,说不定是休息的好时机呢。

---

① 2015年3月末,日本前首相安倍晋三在参加新加坡开国总理李光耀国葬时睡着了,照片被公开后一度成为话题。

13 你们对什么感兴趣？

我在神户的那年夏天，里约奥运会正开得如火如荼。无奈既有时差，又没有电视台的直播，只能依靠国内小伙伴的朋友圈刷一刷我们拿了几金几银。

两天后，日本拿了奥运会的第一金，电视台报道得铺天盖地，画面不断回放获得游泳金牌的奥运选手获野公介的冲刺时刻，日本国旗在水面上方缓缓升起，画面切换到全国各地的欢呼情景，聚集在市民馆一起看比赛的老年人，在学校阶梯教室坐得整整齐齐的学生们，还有获野老家的父老乡亲，一片欢呼雀跃。

可即便电视上热闹至此，第二天到了办公室，大家对这件值得庆祝的事情仍然毫无反应，安静得好像什么都没发生。我试着跟浅田小姐说"日本拿了游泳金牌哦！"，结果她只淡淡地回了我一句"是啊"，然后就没了……我如同热脸贴了冷屁股，讨了个没趣。其实还想花痴一下说拿了第三的濑户长得好可爱来着。

午休时，和桥下君留在办公室吃便当，知道他喜欢运动，就聊起了奥运会的话题。然而他也一脸没兴趣的表情，理由是"住的地方没有电视看"。之后话题不知怎的就转向了青椒肉丝，果然食物才是硬话题。

还有一件事情当时报道也多，是天皇宣布"生前退位"的时候。电视和网络一直在追踪报道，甚至还直播了号称第三次"玉音放送"①的天皇讲话。浏览网页新闻时,我随口说了句"天皇真要退位啊……",却被浅田小姐反问,"你对这件事很感兴趣吗?"其实感兴趣倒不至于,但它对日本来说也是个大事件吧,于是反问了一句,"日本人不感兴趣吗?"浅田小姐毫不犹豫地摇了摇头,示意"完全没有兴趣"。

刚来日本没几天,就发生了熊本大地震②,之后的一个多星期里,除了东京电视台③,其他台几乎24小时不间断报道现场,但办公室的人也没有聊一句熊本的话题,九州人民的心想必很受伤。

那一年,还发生了震惊全日本的"神奈川杀人事件"④,结果事件被报道后的第二天,大家平静如常,该开会开会,该喝咖啡喝咖啡,谁也没主动挑起话题。只有外出活动时,才和吃饭的同事聊了两句,感慨了几声"好可怕啊",草草收尾。

有一次和韩国的闵桑单独吃饭,忍不住吐槽办公室的人怎么这么高冷。已是第三年在这里工作的大前辈,闵桑只能做摊手状表示无奈。她说在韩国,尤其是公务员系统,大家上班的前半个小时都在闲聊中度过,聊聊国家大事,拉拉家常,再开始工作,这是很日常的场景。听到这里的我倍感亲切,简直要呼喊中韩一家亲!不闲聊不八卦的公务员,简直不是合格的公务员啊!如此不深入百姓话题,怎么能想百姓所想急百姓所急呢?

---

① 日本近现代史上有过三次"玉音放送"(即天皇直接向国民"发声")。第一次是裕仁天皇在1945年8月15日宣读《终战诏书》,承认日本投降;第二次是明仁天皇在2011年3月16日就"3·11"东日本大地震后发表电视谈话,激励民众;第三次则是明仁天皇在2016年8月8日宣布生前退位。
② 2016年4月14日,日本九州熊本县发生里氏6.5级地震。
③ 东京电视台,简称"东视",以关东广域圈为播送范围,有着不管发生任何突发新闻,都雷打不动继续播放正常预定节目的光荣传统,被网友戏称为"东京电视台最强传说"。
④ 2016年7月26日凌晨2时50分,日本一男子持刀闯入日本神奈川县相模原市一家残障者疗养院,造成19人死亡。

更让人吃惊的是，闵桑在这里工作三年，居然还不知道同事高山小姐有三个孩子！从我嘴里听说时，她下巴都要惊掉了！一方面惊的是高山小姐的保养能力，完全看不出少女气质满满的她居然是辣妈，另一方面也吃惊我才来不久，怎么知道的比她还多？我觉得真不是我八卦，而是这三年，大家在办公室是怎么度过的呀？

天天开会天天加班，公务员的脑门上仿佛绑了一条隐形的白布，写着大红色的"我很忙"，自然没有闲聊的气氛。只有每天下午分发客人的伴手礼时，才会展开食物这一经典又无伤大雅的话题。

难道只是神户人气质如此吗？虽然大家不全是神户出身，也可能因为在县厅上班，要端着公务员的身份，才不想和关西的大叔大妈一样，随便扯把椅子拉开嗓子就唠闲话。等到酒过三巡之后，才能讲出"我之前在中国工作的时候有个喜欢的小姑娘……""学中文比学法语好啊，去中国比去法国殖民地安全多啦……""什么？她老公比她小这么多啊？"之类的非典型聊天，看来他们挖八卦能力也不弱嘛。

日本，应该还是越到乡下地区民风越朴实，人情味也越浓。

有天上午新闻报道中国拿了金牌，是冲绳交流员在微信群里告诉大家的。因为他们办公室有两台电视机，每天都开着，看直播无压力。

14 旷日持久的报销

进入10月中旬,我发现一个月前共计2万日元的出差路费和住宿费依然没有打入我的账户,于是坐不住了,向财务发去了询问邮件。

我们的出差多是当天往返,交通费在千元(日元)左右,财务以现金形式付给我们,钱会被细致地装入信封,以显正式。偶尔才出现上万日元的开销,因为算大额费用,会以银行转账形式支付。

按财务要求,我在活动当天带去了存折和银行专用印章[①],提供了转账信息,只是没好意思问时间,难道就以为我忘了这笔"巨款"吗?即便需要一个月的财务周期,这时候也该入账了,我心焦地每隔两三天就打开银行App,看看有无"意外之财"降临,虽然明明是应得之财。

从夏末等到初秋,依然没有一分钱。终于,我委婉地以"是不是操作失误"为理由提醒了财务。

隔了两天收到了回信,答曰,"财务是每月16号结算,所以要等到10月17号才能转账,不好意思啊……"既然如此,9月16号之前的经费,9月结算才对,为何延迟一个月呢?

这并不是我第一次切身感受日本报销效率之低。

刚赴任时,从东京到神户的新干线费用是单位负担,但我先垫付了。工作两个月后,我才收到这笔进账。不过,比起前一年8月赴

[①] 在日本办理银行业务,需要个人印章。

任的美国和澳大利亚交流员,他们说工作半年后才收到这笔报销,我也就欣慰许多了。

在前辈的提醒下,每次出差的交通费,我都会在出发前一个星期申请,这样才不容易被拖延。

造成报销困难升级的,还有落后的报销系统。办公室的电脑本来就旧,系统更难用。比如出差地点,需要在地图上找出来才能填写,每次申请报销,我都要像晨跑之前一样做一番心理建设。起初,我以为只有我笨拙到不太会用,浪费时间去处理一件没有技术含量的工作,但后来不止一次听到其他同事求助于小蓝,她是办公室最精通此程序的人。

"为什么不升级这个系统呢?"忍不住和浅田小姐吐槽,却戳中了她的苦衷。

"我早就想吐槽这个难用的系统了!不过政府部门效率本来就低,日本也不例外。把表格做那么好看有什么用啊,多耽误时间啊!"

我时常觉得浅田小姐在欺负办公室里其他人不懂中文。然而,她说出了另一个我想吐槽的地方。

日本人有一项特长——做Excel。

每次看到他们的表格,我都觉得那是艺术品,"好详细啊!分工这么细致,排版这么整洁……"接待外国访问团之前,我们会收到负责人整理的资料,包括对方国家简介、访问团成员信息、精确到分钟的活动流程,以及细致到谁负责开电梯门的分工表。30分钟的访问活动,能足足做出30页的资料。若是欧美大国团,资料会更多、更厚,连停车场地图也详细绘制。真想问,大家都学过计算机吗?

可惜这么漂亮的表格,除了做资料的人,没人会仔细翻阅。结果是，每个人的桌子上都堆积了越来越多的无用纸张，只好定期处理掉。这感觉就像便利店毫不手软地扔掉保质期刚刚超出包装盒上标示的"赏味期限"的盒饭，不知道该说认真，还是浪费。

　　常在想，为什么不把资料电子化呢？即便要存档，打印一份也比人手一份环保得多。

　　日本常给人环保的印象，却在这些细节上略显浪费。就好像外国人总以为日本科技发达，工业进步，谁也想不到他们办公室的电脑系统却停留在昭和时代。

　　突然想起，除了那笔2万日元的出差费，还有一笔1万日元的费用也杳无音信……

15 只有一面"日之丸"①

进入秋季后,红叶开始越来越好看,各国访问团也陡然增多。这两者不无关系。日本红叶好看这件事,在全世界都很出名。

一天下午,我们需要接待两个访问团,时间无缝衔接,前一场是澳大利亚团,后一场是德国团,只有10分钟之差。

接待流程早已驾轻就熟,先确认两边大人物的"坐上席",再摆放其他人的名牌,然后按位置摆放兵库县的宣传资料、明信片套装、县徽章,检查麦克风是否好用,以及摆放外交场合最重要的两国国旗。

准备好澳大利亚团的布置,我们想提前把德国的房间也布置好,却被告知知事还在房里见客。兵库县知事当时年过70,但精神矍铄,还爱喝白酒,据说一次喝8两没问题,最厉害的是他16年连任了4届知事。

于是,我们只好保持待机状态。此时又听说澳大利亚团路上堵车,可能会迟到,这可愁坏了时间精准的日本人。迟到意味着下一场也受影响,大家只好随机应变了。

结果迟到了15分钟,原本40分钟的会见时间只能缩短。

澳大利亚团和知事顺利会面后,我们拿着德国团的准备材料奔去德国会场。因为前一场的迟到,这边离开始只有半小时了。

一切都进行顺利,放国旗的时候却出了问题。因为日本国旗只有一面,被放在了澳大利亚团的会议室,这边只剩下孤零零的黑红

---

① 日本国旗的名字,因旗面上一轮红日居中。

黄三色德国国旗了。

正纠结怎么办时,高大勇猛的德国足球队,不,访问团就来了!可距离开始时间还有20分钟!德意志民族遇上了大和民族,像是要比比谁更守时。

没办法,只能先让客人进场,解释说知事还在见客。负责人悄悄提醒小蓝,等澳大利亚团一结束,就立即把国旗拿过来,和德国国旗一起插好,再拿进房间。

于是,澳大利亚团一结束,小蓝像抢夺阵地一般小跑着拿来"日之丸"。然而不争气的是,旗子勾线了!枉费她上午找同事借来针线,把松散的边给缝好,不想此时又调皮地散开以示罢工。

折腾了一会儿,看起来没那么寒碜,会见也进行一半了。小蓝刚准备进去,就被负责人拦下,说"算了算了,不用了……"

一场缺失东道主小国旗的外交会见,就这样在潦草中展开,在缺憾中结束。不知道谨慎的德国人会不会注意到这个说大不大说小不小的细节。

为什么只有一面"日之丸"?答曰,穷。

县厅穷,是我一来就常听到的。原因是20年前阪神大地震①的灾后重建,花了政府大笔经费。神户如今看起来精致繁荣,但当时是重灾区,重建经费都是用一张张福泽谕吉②换来的,欠款到现在也没还完。

平日里,单位请客聚餐的情况从来没有,有也是自己交工费换来的。办公室有个名为"宇宙会"的工会,每月交2700日元。交了一年,就吃过两次晚餐,剩下都作课里的红白喜事慰问金用了。

---

① 1995年1月17日,日本大阪和神户地区发生里氏7.3级地震。
② 福泽谕吉,日本著名思想家、教育家,庆应义塾大学创办人。一万日元纸币上印有他的头像。

平时装电池等小物件的信封，磨损到边缘很毛躁了也不换。

难怪只有一面"日之丸"，勾线了也不换，连备用库存都没有。

何止是"日之丸"，平时装电池等会议用品的信封，即使磨损到边缘毛糙也不换。我观察了大半年，发现最近多贴了一层胶布。

有一次，和局长一起参加孙文纪念馆[①]的活动。去的时候有公车，回来变成和局长坐电车。原因是单位里没有几辆公车，把我们送到目的地后，车就被调遣到别的地方了，不可能一直在原地待命。

活动结束后，我们回到办公室，桌子上已经放好下周印度尼西亚访问团的安排。不禁想，如果把纸张钱省下来，够买好几年的国旗了。

但没人提出这样的建议，大家按照既有的习俗，重复着无解的矛盾。

我猜，"日之丸"应该会被继续缝缝补补，纸张也还是会一摞摞地从打印机里吐出来。

---

① 孙文纪念馆，又称移情阁，位于神户市垂水区东舞子町。

16 日本公务员的"下凡"之路

2017年初,日本媒体的一个关注点落在了"天下り"这个词上。

这是一种地道的日语表达方式,原本是神道教用语,意思是神仙下凡,后来引申为退休了的高级官僚继续在相关单位,例如民间企业、大学、法人组织等团体里身处要职的现象。

这种现象并不稀奇,可以说日本政坛长期存在所谓"下凡"传统,曾担任过首相的麻生太郎还特设"政府与私企间人员交换中心"为退休官员安排工作。在这种体制下,除了那些有能力升到部分最高职位,即日后有可能成为"政治家"的人之外,不少政府官员倾向于早早退休,开启"第二项事业"。

既然是政府高层都"默认"的事情,为何这次的"下凡"会成为新闻头条,甚至还被迅速地做成了特辑,在《close-up现代》①这一节目引起热议?

导火索是文部科学省人事科曾向早稻田大学推荐部门内分管高等教育的吉田大辅,说他退休后可以到这所知名高等学府就职。2015年10月,吉田作为前任官员去了早稻田大学做了教授,当时他刚刚退休两个月。

而日本《国家公务员法》第106条规定,禁止公务员要求企业或机构聘用退休同事,也禁止提供相关信息。换句话说,国家公务员不能通过所在部门直接找"第二个工作",本人也不能在职期间

---

① 《Close-up现代》是日本广播协会(NHK)制作的一档电视新闻节目。2016年4月4日开始,节目名称变更为《Close-up现代+》。

开展"找工作"的活动,即要求企业或机构为其退休后上岗而"预留位置"。这次经过政府"再就业监管委员会"的调查,文部科学省这一案例恰好符合了所有违规事项,撞上了枪口。更夸张的是,调查报告最先认定的文部科学省涉嫌违反《国家公务员法》的38起案件中,10起被确定违法,共有16名职员与违法行为有关,包括先前已经辞职的文科省事务次官前川喜平。可以说,文部科学省系统性地参与了"下凡"活动,牵涉不少大学,不乏岛国赫赫有名的学校。

私立大学中"公务员下凡担任事务职员"的学校排名

顺序	大学名称	"下凡"职员数	2008年私立大学辅助金
第1名	日本大学	26人	114亿3266万日元
第2名	早稻田大学	24人	92亿6379万日元
第3名	关东学院大学	16人	12亿5734万日元
第4名	金泽工业大学	14人	15亿0492万日元
第4名	圣德大学	14人	8亿5131万日元
第4名	城西·城西国际大学	14人	7亿5693万日元
第7名	大阪工业·摄南·广岛国际大学	13人	25亿4242万日元
第7名	武藏野音乐大学	13人	3亿8678万日元
第9名	大东文化大学	12人	7亿4989万日元
第10名	中部大学	11人	13亿5316万日元
第11名	昭和女子大学	10人	6亿3613万日元
第11名	爱国大学	10人	1304万日元
第13名	近畿大学	9人	52亿5410万日元
第13名	东京理科大学	9人	32亿5260万日元
第13名	京都产业大学	9人	10亿6899万日元
第16名	东海大学	8人	70亿6061万日元
第16名	立命馆大学	8人	38亿7466万日元
第16名	德岛文理大学	8人	12亿7120万日元
第16名	仙台大学	8人	2亿6779万日元
第16名	作新学院	8人	2亿6006万日元

至此,"下凡门"引起了轩然大波。原本长期以来,"下凡"传统就一直被民间诟病。这些国家公务员曾经位高权重,退休后进入各民间团体,很容易官商勾结,成为腐败及行贿的温床,也会剥夺年轻人向上提升的机会。这次调查结果一经公开,大家才震惊,原来有这么多官僚,波及这么多大学,居然还有人退休第二天就直接去大学接着上班。

而事实上,何止是文部科学省,交通、环境、能源、邮政、公安,甚至社会福利部门都不缺少此类事情。

日本每个县的县厅都有国际交流课,此外还有非政府组织"国际交流协会",这个组织的领导基本都是国际交流课退休的领导担任,哪里有其他人的机会。

这些领导还有自己的OB会。所谓OB,是"Old Boy"的首字母缩写,在日本是一个普遍使用的词汇,意指同一学校或公司的前辈。国际交流的OB会俨然是一个封闭的"高端组织",他们作为"国际人"在国际交流部门做过要职,彼此间相互熟识,也有不同国家的任职经历,聊起外交,各个侃侃而谈,退休后"下凡"也更体面。如果一开始没能进入这个派别,此后也再难有机会渗入。

只是,这次文部科学省的"下凡门"一石激起千层浪,首相官邸显然想要结束所谓"下凡"的现象,但已经普遍存在于日本政府各个部门的现象,是否真的能以一名副大臣的辞职起到以儆效尤的作用,还有待观察。

17 铁打的县厅，流水的公务员

临近新旧财年更替的三月底，办公室里有一股紧张和不安的气息弥漫，尤其是在办公室坐了三年的人，其中包括我们组的主干、主干上面的班长，以及班长上面的课长。

在同一个职场工作不超过三年，似乎是日本政府部门不成文的规定。在我工作的兵库县厅，人事调动就很频繁。我们组有七个职位，和我一起入职的有五人，有的从其他部门调来，也有桥下君这样的应届生。而之前的五个人，分别被调去了其他职场，有继续留在县厅大楼的，也有被派去东京驻扎一年的，情况各不相同。

但唯一能确定的是，只要做满三年，就面临被重新分配的命运。有时候甚至只有两年。作为新人入职的应届生，在县厅干两年就要去地方体验，桥下君就是这样。他很清楚自己在办公室的时光只有一年了，明年四月，他得"上山下乡"接受锻炼。但不知道是场面话还是他真的单纯，聊起明年的未知乡下，他表示"很期待，这样可以对兵库县有更深入的了解啊！"。

新人自然有一颗红心，心怀理想抱负，可"老油条"们只在意自己的去留，步步事关职业生涯。

有意思的是，日本每年四月开始新财年，却到三月底才公开人事信息。通常，职位越高，调动信息就公布得越早。我们办公室大领导——课长，最先收到了通知。他要离开县厅大楼，去县立美术馆赴任。其他人的调动还要再耐心等一等，据说晚些时候发布。级别更低的，大概第二天才能知道自己的命运去向。

这种既期待又紧张的心情，堪比高考成绩公布前。虽然大家提交了调动志愿，却往往形同虚设，最后还是要听组织的话。是去更高级的部门，还是被打入冷宫，这是个很严肃的问题。

但毫无争议的是，无论哪个县厅，国际交流课都是最有人气的部门之一。因为外交活动不断，几乎每周能见知事，还常有海外出差，工作内容听起来比同一楼层的农业课洋气很多。如果能被分来这里，少不了被旁人眼红，但进来后，也不意味着可以一直待在这里。三年一次的调动，同事和领导一茬又一茬地交替，跟部队里流水的兵一样。要想成为地位稳固的"国际派"，必须要来回多调动几次，把前前后后的人都熟识一遍，否则，最后说不定还是从农林畜牧之类的部门退休。

专业和工作内容没有那么密切相关，没做过不要紧，干俩月就熟悉了。比如本来学法律专业的桥下君，也不怎么会外语，却被分来国际课。

这种大跨度的调遣，浅层次来讲是为了培养公务员的综合技能。在不同部门工作，能积累不同领域的经验，更熟悉县厅的方方面面；同时，频繁变换工作环境，也能认识更多同一栋楼里的同事，可惜即便如此，大家在楼道遇到，还是鲜少打招呼。

如果只是如此单纯的出发点，代价未免太大，毕竟这其中花费的人力资源也不小。深层次来讲，终极目的是要防腐败。

流动的同事关系使得大家在刚刚熟悉一点的时候就分开，上司和下属也保持着不远不近的距离，彼此间多了几分客气与顾忌，从而少见拉帮结派搞小团体的事情，也难以在短时间内建立一套有机可乘的权钱交易。

只是，腐败也要有内容才行呀，这里报销几百日元的交通费都要层层审批盖章，一年的聚餐也吃不回交的工会费，真好奇哪里有机会腐败呢？

马上要离开办公室的课长，此时安心地喝起了茶，据说新来的课长是位四十多岁的女性，引来大家一片窃窃私语和好奇。

而其他不知下一站目的地的人，仍在认真履行国际交流课最后的工作，淡定的神情背后，是不是也上演着丰富的内心戏呢？

这哪里是山里的中学!

1. 小地方的"大眼界"

来神户没多久，我就接到了外出工作。有个周末去了一个叫播磨的小城市，离神户不远，参加当地政府主办的国际交流活动。这是我到任后参加的第一个活动，日本同事称之为"出番"（亮相）。

说到"播磨"，很难称它为城市。按日本的行政划分，都、道、府、县是一级行政区划，其下是市、町、村。但就算都是市，日本也要分级别吧，横滨市、名古屋市这种大规模城市，和明石市、四万石市这种面积和知名度都较小的城市，很难做客观比较。更低级别的町和村，其规模可想而知。

播磨就属于町之级别。播磨町大概和中国的五六线城市齐平，比如我的祖籍河南信阳。不过播磨町面积只有9平方公里，人口3万多，而信阳的面积和人口都超过兵库县了。

日本的很多东西都迷你，有时候觉得很可爱，都这么小规模了，还分得特别细致。也就不奇怪即便这么小巧的城市，也有国际交流协会（我们说的对外友协）这样的组织。在日本，无论城市大小，几乎都有国际交流协会，不仅为本地居民提供接触外国文化的机会，也为居住在当地的外国人提供生活便利。但去之前我很难想象，这种小地方有什么国际交流呢？这么偏的农村会有外国人居住？我们要转几趟电车才能到达呢。

这次的活动从中午12点开始，来参加的人都能享用一顿简单的自助午餐。食物是附近居民和组织活动的学生家里一起提供的，通常包括炸鸡块、土豆沙拉、杏仁豆腐等，都是常见的日本料理，主食是关东煮和咖喱饭。食物的力量是无穷的，吃着饭，原本不熟悉的人群也变得热闹起来，人数达到了顶峰的两百多人。吃饱喝足，结束热身。

四个女学生的古筝秀一开场就震慑住了我，倒不是技术多么卓群，对于我这个外行来说，我更惊讶于播磨的学生社团的发展程度。古筝在日本不算常见乐器，更何况在这个我此前一直想当然认为的"小地方"。没想到表演舞台这么大，现场布置如此细致，内容也如此不俗。接着是一种印度尼西亚少数民族乐器的演奏，学生们表演完，还邀请了现场观众临时学习合奏《一闪一闪亮晶晶》，互动效果很好。

之后轮到我们出场，中韩美澳交流员介绍各自国家的文化。

第一次做文化讲座，我还把握不准普通日本人对中国的了解程度，就保守地从地理、代表城市、中国料理、传统节日几个方面说了一番。那是我第一次意识到广州在日本的知名度不那么高，他们听说过北京和上海，也知道中国香港和中国台湾，但说起"广东料理"时才能把两者联系起来。

美食是容易让人兴奋的话题，尤其说到天津饭①并不是正宗的中国料理时，大家一片惊呼，一些上了年纪的人一副难以置信的表情，好像自己吃了大半辈子假的中国菜。但更能引起大家注意的是熊猫，播放熊猫的照片和视频时，激发了日本小朋友的热情，那一刻我突然掌握了之后文化讲座的命门，明白了熊猫是杀手锏。所以，广东菜、麻婆豆腐、北京、熊猫，基本上构成了日本人对中国的意象。

同样的，他们对韩国的意象是泡菜、石锅拌饭、首尔、韩剧，

---

① 天津饭，一种日式中国料理，即蟹肉滑蛋盖浇饭。有一种说法是最初用了天津的梭子蟹来制作，因而得名。

对美国的意象是可乐、汉堡、纽约，对澳大利亚的意象是大海、考拉、袋鼠。偶尔也会出现颠覆他们价值观的知识普及，美国的Jack开玩笑说他老家南加州啥都没有，韩国的闵桑说韩国过两个春节，我逗他们大熊猫的故乡在成都是因为大熊猫爱吃麻婆豆腐，澳大利亚的Lui说澳大利亚人吃袋鼠……他们露出不可思议的表情，似乎信以为真，知道真相后，又连连感叹"原来如此"。

这种文化讲座更像是趣味互动。其实，播磨人对国外的认知并没有比大城市神户落后很多，这是我当天的意外感受。

活动的高潮在当地外国人出场时。邀请他们都上台后，我才知道这里有特别多的外国人！但不是中国人最多，而是越南人。听说他们多在日本打工，就像九十年代中国人留在日本一样。有些女生嫁到了当地，就此留了下来。

这些外国人的日语都不是很好，在这里生活难免有思乡之情。如果不是邀请他们参加活动，就算大家同住一个街区，也很少有机会沟通，而这样"送爱心"的活动，不仅对大家免费开放，也促进了当地社区的活跃，让日本人更了解身边的外国人，也让这里的外国人感受到日本的温暖。

最后，学生们朗诵了英文诗歌，发音很好听，因为指导老师是英文母语者。播磨当地只有一所高中，但配备了两名外教，同属JET项目里的外语指导助手。

两个多小时的活动在欢快中结束，学生们自觉负责了清理工作。

参加完这次活动，我深深记住了播磨，来之前完全没有存在感的地方，却连一个町长都全程参加市民活动，学校校长也来和学生们一起做游戏，规模不大，眼界却不小。

日本的老龄化问题在这里也很突出，参加者半数是老年人，但仍旧精致地打扮自己，对未知充满好奇。很多日本老人都在学习某种外语，散会后他们试着用外语和我们聊天，夸他们说得好就非常开心，我也就不忍再说出"我就随便一夸，你别随便一信啊……"。

孩子们更享受吃吃喝喝、轻松玩乐，但能在童年阶段有机会接触外国文化，即便没记住什么，也有潜移默化的影响。

回想自己的成长过程，虽然身在级别高过播磨的地级市，却几乎没有接触过所谓国际化的活动。如今我生活在广州，这里的儿童早早跟着外教学外语，跟着父母出国游，还立志考国外名校，这一切，都会影响着他们未来的选择和境遇。

确实，除了一二线城市外，其他地方的童年也应该一样充满想象呀！

2 这哪里是山里的中学！

学校访问的活动在春季接连到来。

有一次，我被派去神户周边的一所中学做活动。学校开文化节，想邀请外国人到班里给学生们讲外国文化。办公室领导说那天就不用来单位了，直接从家出发，做完活动回家就行。我心想真是难得的福利，后来才发现还不如坐办公室呢。

我们平时上班时间不算早，9点45分到办公室，比正式公务员8点半到岗可舒服多了，午休一个小时，下午5点半下班。

可做活动那天，我们看了看路程，要换三次电车，不得不比平时早出门一个半小时，兜兜转转，到达一个叫相生的城市。这还不算完，接着转巴士，车上零零散散没几个人，几乎一路没有停。驰骋在乡间小路上，窗外的景色时而是农田，时而是大山，何其优美。最终折腾了两个多小时，才到达学校。学校门口空无一物，恍若来到澳大利亚大农场。

这里距离神户市区的直线距离并不远，神户已经是公认的日本环境最好的大都市，但与这里一比，依然有很大差距。连神户都如此，怪不得地方上的人总嫌弃东京脏乱差。

我们去的是兵库县立大学附属初中和高中，这两所学校紧挨着，大学也在不远处。老师介绍说，很多学生一路从初中升高中再升大学，掐指一算，可以在山里过10年。来之前听同事讲，这所大学很有实力，在兵库县算是重点大学。接待我们的老师自嘲，因为学校里什么都没有啊，只能学习了。有一定道理！

我们的讲座安排在下午，上午有一场学校内部的英文演讲比赛，我们踩着尾巴去看了颁奖仪式和大合唱。体育馆的气派让我仿佛进入日剧场景，似曾相识。

本以为是因为参加英文演讲比赛，学生和老师才说英语，但在后面一系列的活动里，师生交流一直使用英日双语，当天的活动甚至还邀请了三十多名外国人参加，大部分是英文母语者。和老师聊天得知，校长格外重视培养学生的英文水平，希望山里的学校也能国际化。

吃过简单的午餐便当后，我们去了各自分配的教室给学生们讲课，我负责初一的班级。四月刚入学的他们，看起来还是小学生模样。

一进班，我就被两个小女孩问到"你喜欢什么样的男生啊？""你觉得我们班主任怎么样啊？"之类奔放的话题。虽然我知道日本的孩子比较开放，但第一次见面就被这么调侃，何况班主任还坐在讲台角落，一时有点招架不住。

开始后，我和学生们都做了简单的自我介绍，说了喜欢什么不喜欢什么之类的话题。日本的孩子们喜欢动漫、面包、迪士尼，不喜欢的大多说的是食物，记得有个男生说最讨厌朝鲜，大家都愣了一下。

在过去的经验里，我知道熊猫能让他们瞬间嗨起来，于是准备了国内带来的熊猫周边，有书签和钥匙扣，以竞猜回答的方式给他们介绍了中国，回答正确就能得到奖励。孩子们果然积极性大增，为了拿到"卡哇伊"①的礼物，不管知不知道答案的问题都抢着举手，让大家猜"天津饭、煎饺、麻婆豆腐哪个不是正宗的中国菜"时，大家还

---

① 日语"かわいい"的中文发音，意为"可爱"。

是猜不出天津饭，看来此物已深深根植于日本人的食物观。

课程结束后，我顺便参观了文化节的其他活动。

日本有一种传统的日本文字游戏，是把和歌集《小仓百人一首》印在纸牌上进行诗歌互动。新年时，全家人聚在一起玩儿，也是学校的常见活动，但这里全程用英语。

绘画部有学生展示作品，临摹的是日本名家。其他新奇的社团有植物部，脑洞大开的文学部，观察太阳的天文部。

或许，只要不上课做什么都好，这是全世界学生的共同心声。但这不是单纯的玩乐，我能感受到他们在爱好中找到了乐趣。虽然这种爱好不一定会成为谋生技能，但可以成为以后的生活调剂，也是与自己相处的方式。

趁着他们吵吵闹闹，我在学校里转了转，这里校区不大，但精致与干净随处可以感受到。

想来，国内不少好中学和高中的硬件条件绝对能超越这里。但在这样一种远离大城市的郊区、校门口的巴士站每小时只有两趟车的条件下，学校依然努力为学生创造优良的人文环境、提供广阔的舞台，甚至比大城市的学校更重视培养他们的语言能力，这才是教育均衡的真实反映吧。

回来的路程又花费了两个多小时，老师说他们每年春天都会办文化节，希望我们明年还能再来。这种出差真是有点辛苦，但是和可爱女生共度半天的福利还真是不想错过呢。

这哪里是山里的中学！

3 他们为什么学中文？

国际交流员有一份固定工作，是给公务员们定期开中文角。每周四晚上在办公楼对面的县民公馆教室，时间是6点到7点半。

一周一个半小时的课堂上，能学到什么呢？确实讲不了太多。从第一次上课，到一个多月之后，我只勉强教会了他们汉字的拼音识读，以及五音不全的声调。

这也不怪别人，因为中文确实难学，在广州生活久了，连我都分不清平翘舌音。重要的是那句一直很流行的"不忘初心"，大家也并没打算学得很专业去做中文翻译嘛。

只是，这"初心"是什么呢？上课前，我让大家做了问卷调查，简单地给出一些动机选项，旅游、美食、历史、社会等不同领域，发现很多人是为了旅游而学中文。但简单的选择题很难读到真实想法。于是，在教他们学完拼音和做简单的自我介绍后，彼此熟络了起来，我也听到了他们眼里的中国。

谷中先生（曾担任国际交流课课长，退休后在福祉协会工作）

我记得第一次去中国时，小朋友都在唱"我爱北京天安门"（他真的会唱这一句，还不跑调），你们现在还唱不唱啊？不知道KTV里能不能点到这首歌。

后来，我跟中国人聊天，问他们喜不喜欢披头士乐队，那时候披头士多火啊，红遍全世界，但中国人都不知道那是什么，我特别惊讶！

80年代因为工作原因,我又出差去了上海、杭州、广州、西安等好多大城市,吃了很多好吃的中国菜,90年代再去变化很大。

我喜欢中国历史,喜欢刘邦。经常在历史书上看到"满汉全席",为什么在中国总是吃不到呢?下一次想去九寨沟,还要吃杏仁豆腐。

木崎先生(国际交流协会副理事长)

我第一次去中国还是和谷中先生一起。1989年去了上海,还去了苏州,觉得苏州园林很棒。后来出差又去了很多其他城市,感觉越来越好。

不过我2001年在上海坐飞机的时候,竟然晚点了12个小时,那天的工作全都耽误了。当时无奈地只能苦笑。

下次我想去历史古都西安,想去看兵马俑。还有都江堰,想去看看灾后重建的地方。

入江先生(农政环境部)

我以前在日本驻广州领事馆工作过几年,对,就是花园酒店那里,所以我的中文都是在广州学的。广州是个好地方,料理好吃,气候也好。我女儿在广州上过中文学校,她的中文说得比我还好。

我喜欢唱中文歌,要是中文再说得流利一点就可以唱更多中文歌曲了。

清水小姐(国际交流协会职员)

我还没去过中国呢,但是有几个中国朋友。他们热情又有趣,最近有个朋友生病了，你可不可以教我说一句中文，"你身体好点了吗？"怎么说？

我对上海很好奇，是不是上海人很爱打扮啊？一直有这个印象。

还有，你们的课文是不是有很多鲁迅的文章？是因为他的文章写得很美吗？

对了，中国的甜点有什么？糖水？（此时我将"聪嫂"①的照片递给了她。）哇，看起来好好吃！这是椰奶做出来的？我最喜欢椰奶了！下次一定要去吃！

泉小姐（兵库县市民中心职员）

我只去过上海和杭州，觉得上海的小笼包很好吃，和神户中华街卖得不一样！

还有，我喜欢炒饭、煎饺和担担面！（此时我又将四川的美食图片递给她。）哇，还有馄饨！下次一定要去四川……

长泽小姐（兵库县厅温暖化对策课）

我只出差去过中国香港。那里的字是不是和大陆不一样？怎么区分呀？台湾地区呢？他们说话是什么样？哪种是简体字，哪种是繁体字？

我很喜欢港式早茶，和日本的味道不一样。下次还想去吃正宗的早茶。

---

① "聪嫂私房甜品"是一家位于中国香港铜锣湾的糖水店铺。

岩井先生（国际交流协会职员）

我经常出差去中国，觉得会讲中文对工作有很大帮助，于是想尝试着把中文练得更好一点。

这几位是经常出席我活动的日本"学生"，我现在的上司——平泽副课长偶尔也来客串，他之前在北京工作过，回国后也一直上中文班，中文水平很高，能自如地唱一曲《七里香》。

他们大多去过中国，也正是因为去过、吃过、看过，才会产生学习中文的初心，因为他们知道真实的中国是什么样子，也想知道现在的中国是什么样子。

有人说，"如何让一个人从讨厌日本变成喜欢日本，带他来一次日本就行了"，反过来是否也一样，"如何让日本人改变对中国的看法？带他来一次中国就行了"。

为了让他们可以在中国玩儿得更尽兴，我任重道远。

【后记】

我回国的第二年春天，长泽小姐和泉小姐结伴来广州旅游。当时上课的会话教材，是我根据广州的实际情况编写的，经常提到小蛮腰、珠江新城、沙面等景点，还有早茶、糖水等美食。她们在广州玩儿了四天，亲身体验了一直做口语练习的情境，感觉很兴奋。那一刻，我觉得交流员的工作其实还在延续，只要有需要，我随时愿意扮演促进中日交流的角色。

4 兵库北的老年大学

提起"兵库北",知道的人会心一笑,不知道的人一头雾水。

缘起是许多人深爱的日本声优——花泽香菜小姐,在某个综艺节目里露出了无比奔放的笑容,而恰好此时电视画面的天气预报上显示的是"兵库北"。

从此香菜有了"兵库北小姐"的美称。听到"兵库北",懂笑点的人会自觉想起香菜的笑脸。而其实,"兵库北"也是实际存在的地方。

有次活动,我被派往一个叫"滨坂"的地方,给老年大学讲中国文化。打开地图搜索才猛然意识到,我将要去传说中的"兵库北"了!

日本43个县,只有兵库县南北都靠海,这是兵库人自豪的事情之一。不过,南北狭长也意味着路途遥远。我只好前一晚下班就赶路,单程3个半小时。到达时已是夜晚,路灯稀少,没有路人,更没有车。在一片漆黑里的我有些怕,沿着导航心惊胆战地朝前走。Softbank[①]的信号一向很弱,在这儿能有信号已是万幸。

走了大概十分钟,到达预约的和式旅馆。睡意昏沉的老板带我去了榻榻米房间,屋里散发着一股木质房间惯有的霉味,但也无法挑剔太多。不过第二天的和式早餐很丰盛,搭配了当地海产。

讲座开始前,我在附近转了转。前一晚走过时漆黑的街道堪比

---

① 软银(Softbank)是日本三大通讯运营商之一。

寂静岭，然而，此时在朝阳下，却呈现出无比温婉的画面。没有高层住宅，都是一户建①，门前的花花草草精致地绽放着，看得出主人打理得很用心。奶奶们骑着车子准备去市集，或者坐在家门口和邻居唠家常，和她们擦身而过，虽不相识却元气满满地跟我说着"早上好"，一副"黄发垂髫，怡然自乐"的场景。

和每个小地方一样，这里的年轻人很少。老年人留下来守着老房子，在这里生活了一辈子，还要继续和邻里一起生活下去。没有工业，反而让这里看起来比城市更通透。

这次来讲课的地方也是老年大学。和负责人聊天后了解到，说是大学，更像是老年活动中心，平时给老人们提供外语、文学等人文课程，也有琴棋书画、体育运动等兴趣课，还有护理、养生等健康知识普及，也定期邀请讲师开小型讲座。

---

① 一户建是日本的一种独院住宅。

老年人占当地人口八成以上，如何提高他们的生活水平，成了当地政府的最大课题。爷爷奶奶们很喜欢来这里，比起家里的清净，和朋友聊聊天是平淡日子里最大的乐趣。

难怪我提前20分钟到达教室时，听众已来大半，表情是满满的期待与好奇，与平时去高中做活动时看到的懒洋洋的状态截然不同。

但兵库北实在太乡下了。日本六十多岁的老年人属于"团块世代"①，年轻时经济条件好，很多人去过不少国家，中国也是必去之地。但我在这里试着问大家有没有去过中国时，只有寥寥数人举手说去过，和之前在猪名川町的反应完全不一样。

---

① 团块世代，指日本在1947年至1949年间出生的一代人，是日本二战后出现的第一批婴儿潮人群，这代人被看作是60年代推动经济腾飞的主力。

即便去过,也是80年代和90年代的印象,那时候大家还穿着中山装,满大街骑自行车。我介绍说现在中国的大城市不仅车多,塞车都成了问题时,大家难以置信;又讲到中国高铁的发展,速度比新干线快,能把整个中国连接起来,老人家们开始窃窃私语,这有点颠覆他们对中国的认知。对日本的年轻人,我更愿意分享常识性的知识,而对日本的老年人,我更多分享现在中国的模样,因为他们脑海中的印记太久远了。

讲座结束,我急匆匆地赶往车站。日本城市的车站附近大多有当地最热闹的商业街,但滨坂的商业街基本歇业,着实凄凉,和这里的爷爷奶奶一样青春不再。

这里环境优美,却是冷清的美。年轻人远走异乡,只剩下步履蹒跚的老人。空气里流淌着一丝沉重的气息,让人不自觉放慢赶路的节奏。

不小心错过了刚发车的电车,只好再等一个小时。

一节车厢里，稀稀落落坐了几个人，这种景象很符合兵库北给人的印象。

短暂的停留，随着电车的远去而告别。

回单位后，有一个老家在滨坂的同事问我感受时，我很得体地夸了句，"滨坂风景很好啊，鱼又新鲜，感觉很宜居……"结果对方直言不讳："完全不宜居啊！所以我早早就跑出来了！"

5. 日本人的创意从娃娃抓起

每年10月初，国内欢度"十一"长假时，兵库县会举办一年一度的"兵庫ミュージアムフェア"（兵库博物馆盛会）。

馆内图

参展单位多是兵库县内各博物馆和科学馆，我们代表国际交流协会，也承包一个展位，展现异国文化。这个活动算是大事，我到任没多久就接到了筹备通知，准备了小半年。大家一度很纠结在预算有限的"惨境"下，怎么促进国际交流。

琢磨了几个月，我趁回国之际带来了很多熊猫周边，拜托来日本旅游的朋友捎带了大白兔奶糖，才终于满意自己想出来的汉服试穿、用熊猫剪纸做明信片，以及《西游记》的人物涂色等点子。自以为颇有创意，直到现场败给脑洞大的日本人。

活动开始，我和同组的澳大利亚交流员Lui就遭遇了展位的冷清。大概是对我们散发的气息不熟悉，小朋友听到我们热情招呼，反而报以高冷眼神，转身投奔了其他展位。于是凄凄惨惨，冷冷清清，我剪我的熊猫，她印她的考拉。

我好奇其他展位都是什么活动，便出去转了一圈。这才发现，难怪小孩子都跑了，其他博物馆的布置未免太高端。

八音盒博物馆里有一架手摇式大型八音盒，小朋友旋转把手就能流淌出美妙旋律，操作简单有趣。

考古博物馆中，馆员用一块小木牌制作专属名牌，写的不是普通汉字，而是根据考古资料，查出自己名字的发音在古代是什么字，然后刻在木牌上，制作专属纪念品。

红豆博物馆里的手作挑战以布作画，把一颗颗红豆粘起来，创作出一幅独一无二的红豆画作。

陶艺美术馆的徽章制作，先在圆形纸片上画出自己喜欢的图案，再选择看中的徽章模型，可以瞬间压制专属徽章，独一无二。

贝类博物馆的活动是用贝类制作自己雕刻的装饰品。

水族馆内有一只"镇馆之宝"大海龟，用木板围起来，小朋友还可以近距离触摸。

乡土资料馆里教小孩子用勾玉制作专属橡皮。

排队最长的是天文科学馆，不仅教孩子如何识别行星，还可以用自己喜欢的行星图案制作冰箱贴！

如此种种，不胜枚举。

有对比才有伤害，相比而言我们的插画涂色、明信片制作好像确实太幼稚了，只好把责任推给"预算不足"。

孩子们想象力无穷，在活动的启发下，很容易打开创作之门。看得我都忍不住动心，想去制作专属纪念物。

后来，我们的展位也渐渐有了人气，更体验到日本娃娃的能耐。

原本我和Lui分两个桌子进行，熊猫和考拉各占一地。小朋友剪了熊猫粘在明信片上，问，"可不可以去盖考拉的印章啊？"似乎没什么不可以，于是，小朋友们模仿开来，创造了中澳一家亲的感人画面。

制作过程中，熊猫的图画部分有些难度，三四岁的孩子画不好，爸爸妈妈会在旁边帮忙，把线条描得很重，方便小朋友剪下来。使用剪刀时，家长们不会干扰，也不会觉得危险不让孩子用，

熊猫和《西游记》是日本小朋友熟悉的中国元素

而是在旁边提醒如何剪得更漂亮。

虽然有些剪出来看不出是熊猫,但并不影响制作的乐趣。会场处处洋溢着日本人的口头禅,"すごい!"(好厉害!)、"すばらしい!"(好棒!)、"かわいい!"(好可爱!)。到活动结束,小朋友手里都拿了很多自己的作品,满载而归。

持续两天的活动对观众全部免费,只要前来,就可以带小朋友享受脑洞大开的奇妙之旅。当然,一些地点偏远的博物馆借此得以宣传,也是互惠共赢。

参与一整天,最大的感受是日本小朋友的动手能力很棒,也明白了日本人手工能力好的缘由,正因为在耳濡目染的体验环境下,才能在长大后做出细腻到"变态"的设计产品。

而我不仅开了脑洞,似乎也上了一堂生动的幼儿教育课。

6 日本老师不好当

兵库县与友城——广东省和海南省之间,有一个长期合作的学校交流项目。

每年11月前后,国内的高中生代表团会来兵库县交换游学一周,这两个省每年会轮流着来。我在的那一年是海南省。

师生都不会日语,我全程陪同,也借着机会拜访了一些日本学校校长,了解了日本高中的一线教育。之前的活动去过中小学,也去过高中,但多是和学生打交道,又来去匆匆,很少有机会和老师做详细交流。

国内的访问团是海南省排名前三的一所高中的代表老师,同行的还有海南省教育厅的领导。大家参观了兵库县名列前茅的公立学

兵库工业高等学校欢迎海南省游学团

这哪里是山里的中学!

校，贵族学校般的国际高中，以及类似国内技校的工业高中，类型多，范围广，交流程度深。

每到一处，国内老师们最先关心的是学校规模，如校园大小、学生多少等，答案往往大跌眼镜。走访的几所学校里，人数最多的长田高校也不过千人左右，平均到一个年级，大概三百多人。在海南老师眼里，这有些"寒酸"，国内很多高中一个年级的人数就过千了，即使海南人口在国内并不突出，学校规模也远大于此。而我的祖籍人口大省河南，只好在一旁默不作声。

不过现在国内的班级规模已不比我读书时候，那时一个班有80人左右。海南的老师说现在一个班级大概有50人，很羡慕日本的一个班才三十多人，老师应该轻松很多。

后来问起日本学校的上课时间，校长说"中午休息一个小时或45分钟，下午3点放学"，直爽的中国老师按捺不住内心的感慨："哇！一个班这么少人，老师的事情少了很多啊！""放学这么早！真羡慕啊！"

我明白他们背后的无奈。陪同了两天，看到他们不停处理来自祖国的信息，多是学生家长，不论是不是归老师管，只要和学生相关，都是直接通过电话联系他们。

坐在桌子对面的日本校长，不懂中国老师在激动什么，于是我告诉校长中国的高中规模以及上课时间。

校长赶忙为日本老师们"洗白"，"3点下课不代表老师下班，学生们要参加学校的社团活动，大概五点多回家，老师们通常都要在学校加班到七八点才走……"

"你们学生又不寄宿，加什么班啊？"提问的这位老师在寄宿高中上班，手机24小时开机，随时处理学生的各种问题。

"老师的工作量，其实挺大的。"校长弱弱地补充。

"一周大概多少课时？"领导问到了关键。

"每个学校不太一样，我们平均一周20课时。"

"20节啊？那确实比我们多。"国内老师们瞬间气馁。

"中国学校呢？"校长好奇问道。

"我们最多16节。"

校长听之，淡定自若，笑而不语。但国内老师们不甘心，硬要比出自己的辛苦：

"可是我们要管学生各种事情啊，你看在日本还要处理这么多家长的电话，班主任就更辛苦了！"

听到老师们的抱怨，领导一直低头做笔记。然后想起什么似的抬头对我说："你帮我问下校长他们做行政的有多少人。"

校长瞬间苦笑，"我，教导主任，还有一个秘书，3个人。"

众老师顿时惊慌，国内学校的行政人员，都能扛起学校教职工的半边天了。

校长继续说，"老师们下课都回不了家，学生的社团活动要负责，学生走了，他们要备课，处理其他行政工作，周末经常来学校加班，难得有休假。"

一听此言，领导像抓住了转败为胜的机会，"你看看你看看，你们还叫苦，日本老师比你们辛苦多了！"

老师们也毫不示弱，"那我们还得评职称啊！你问问日本老师评不评这个？"老师们望着我，期待着扭转局势。

"职称"，真是个难以向日本人描述的概念，太有中国特色了。好在有同行的日本同事，解释一番，让日本校长也开了眼界。

"日本不评教师级别，大家都一样，按工龄涨工资。"校长看了看刚见面交换的中国老师的名片，恍然大悟，"所以你们这几位老师很厉害啊！都是高级！"

"这次来日本，也是奖励这几位最辛苦的老师啊！"领导果然是领导。

中国老师们满足地陶醉了，继而反应过来，"不评职称，学校如何管理老师呢？"我一时没听明白。"就是说，不评职称，老师怎么有动力积极进步，提升自身教学水平？比如，要不要参加研讨会、研修什么的？"

转述给校长后，答，"研修肯定有……"

国内老师瞬间反应，"又不评职称，那要是不想参加，校长也管不了？"眼前这位校长亲切得像邻家大爷一样，和蔼地笑着说，"肯定有人不想参加，还能怎么办，顶多把他叫到我办公室说一顿呗……"大家听着都笑了，"不过，老师对这份职业有强烈的自豪感，即便没有职称，还是会自我要求，毕竟其他人有进步，自己也会不好意思。"

国内老师们有些惊讶，连连感慨日本体制的特别。也许，没有硬件指标的自我提升，压力只会有增无减。

全校只有3人处理行政，校长的忙碌可想而知。但几所学校参观下来，校长都全程陪同，并和我们一起吃了午餐便当。

国内老师们习惯了午睡，而这里的行程每天都满满当当，被追赶得没空喘气，只能在开车间歇小憩片刻。而日本校长们接待完我们，又精神满满地赶赴下一个活动了。

参观所至的每一间教室，日本老师都激情四射，始终微笑，始终激昂。教室里，没有麦克风，也没有投影仪，一切靠黑板手写。更艰苦的是，讲台上连杯水都没放，连闲聊的机会都没有。

而我们的课堂怎么能少了闲聊呢？毕竟学生们也爱听嘛。

7 "万恶"的资本主义

每天中午吃完午饭,我习惯去楼下的全家买咖啡。

从买各种罐装咖啡,到自己买牛奶在办公室做简陋版拿铁,再到最近买全家出品的新鲜咖啡,历经了不一样的咖啡之路。我一直想不通,为什么办公室热水间不配一台咖啡机呢?明明就能全民获益嘛。局长每天喝好几杯挂耳咖啡,闵桑和Jack每天买咖啡饮料,如此高糖的摄入让闵桑体检查出来胆固醇超标。

我自言自语地嘟囔,激起浅田小姐的共鸣,"是啊!大家集体凑钱也愿意!"

日本政府的拮据大家都知道,我们不给组织添麻烦。

"那为什么还是一直没有买?大家肯定都想要吧?"

"当然了!没办法,日本人嘛,大家都不说……"

明明就是大家都不想出风头啊,好像谁说出来了,就是在办公室贪图享受的那一个。

之后,在办公室内部传阅到一份募集捐款的资料,仔细一看,是神户人民年年期待的"神户Luminarie"[①]。在日本,冬天的必备节目之一是灯光展,神户最出名的灯光展是纪念阪神大地震遇难者的"神户Luminarie"。

按理说,官方活动该由政府部门出钱,或者找企业赞助,但目标却指向了公务员。

---

① 神户Luminarie是为悼念阪神大地震遇难者而举办的亮灯活动,自1995年以来,每年12月都会举办,地点在神户市旧居留地和东游园地一带。

灯光展图

可以直接捐钱，也可以购买周边产品献爱心，如有200日元一注的彩票，600日元的圆珠笔、书签、文件夹，1000日元的购物袋等，捐赠物品种类丰富，和商业化周边无异。

见我略显惊讶的表情，浅田小姐解释道，"其实以前都是企业赞助，最近几年才开始搞这种募捐，政府太穷了……"好像这么说，就能挽回些什么似的。其实因为之前的一件事，县政府的"抠门"形象在我心里已树起了一座丰碑。

陪海南省的老师参观学校期间，有两天是我和一位日方工作人员一起陪同。因上午和下午要去不同的学校，午餐就提前和上午的参观学校打了招呼帮忙解决，费用由兵库县教育课承担。国内几位老师很随和，对几百日元的冷便当也大快朵颐，但明明有六个人，为什么只有五份便当？四位老师是客人，自然一人一份。于是我感到无比尴尬，不知道吃还是不吃。日本同事赶紧解释，第五份是我的，她没有配餐，因为她是教育课职员，餐费里没有她的预算。一桌中国人吃饭，让人家看着，未免有些过分。何况，我的确不爱吃冷便当，就让给了她。第二天，她自带了三明治，我分了一半便当给她。

但比起后面的事情，便当事件便是小巫见大巫。

中间跨了周末，学生们去日本学生家做客，几位老师被安排去京都和大阪观光。陪同的还有一位日本同事。

然而，日本同事不会中文，国内老师不会日语，双方英文又不太好，据说后来都是用汉字"纸谈"。所以我很纳闷，为什么做如此不合理的安排？

后来听日本同事说，陪同出行的交通费是她自己承担，没有报销；中午和国内老师吃饭的费用也是自己出，因为没有预算！明明是周末加班，还申请不到一分钟的代休，真是雪上加霜。

难怪没有安排我去陪同，我不是教育课的职员，产生的交通费和餐费，也就不好从我这里"压榨"了。

好在京都和大阪之行是分开的两天，有两位日本人分别陪同，否则落在一个人身上，真是物质和精神的双重压力。但反过来看，这样有技巧地压迫劳动人民，让人不得不想起"万恶的资本主义"这句老话。

本以为只是个别部门的奇葩现象，后来听一位同事讲，"日本学校里这种事情很普遍。只要涉及陪同接待，几乎都是老师个人承担费用。"她曾经在高中教过英语，目前调来了管理部门。

没有对比就没有伤害。想起之前来的泰国教师考察团，据说工资高、福利好，就像来了个爆买团。

对此想要吐槽的，也只是作为外国人在这里工作的我们，日本人早已习惯这种职场文化。因为他们永远有金句，"这是工作……"

2 日本小学生的午餐

得知又要去小学做活动，身经百战的交流员们第一反应是穿厚点。

日本的小学什么都好，就是有一点很抠门，冬天没暖气。我们不比小朋友，年龄大了怕冷。何况，关西地区的室内体感基本等同于户外。

又得知当天活动后，我们要在学校吃午饭，就特意在早上多吃点，好能撑到中午。之前的经验告诉我们，学校的配餐只管饱，不管好，即使伪装都难以表现出"好吃"的表情。每次参与学校的活动，我们都期待对方说不管午饭，这样就能拐进校门口的拉面店，热腾腾地吃个痛快。

细想来，对儿童进行残酷的"寒冷教育"的国家，全世界大概只有日本。在气温低到10度，甚至5度以下的寒冬，无论中小学还是高中，学生的校服看起来还是夏装。女生的裙子，男生的短裤，和提到小腿肚的袜子之间，差不多隔着中日海峡那么远，"绝对领域"[1]生生成了"受冻领域"。

孩子们早上出门时，都裹着长外套去学校，一到校就脱掉，齐刷刷露出一排冻红的小细腿。如果是在冷如冰窖的体育馆做活动，孩子们会冻得直哆嗦。坐在一旁的我们则裹着厚厚的羽绒服和围巾。

---

[1] "绝对领域"是一种日本主流社会也使用的御宅族文化用语，指少女穿迷你裙与膝袜时大腿暴露出来的部分。

经受了一上午的寒冷，不难理解他们会满心期待午饭时间快快到来。

日本学校里的配餐叫"给食"，几乎全国的小学生都统一在学校吃。除了他们的校服文具外，在校的其他用品一样，吃的东西也高度一致，从娃娃抓起的平等观念，影响着日本人的一生。

到了开饭时间，大家整齐划一地套上白大褂，有种身在医院的即视感，不过这只是为了防止把校服弄脏。当天的午餐值日生从料理间抬来一桶桶的伙食，然后分工合作，分发给全班同学饭菜，默契程度堪比流水线。其中有人装饭，有人打汤，从前到后依次传递，传到最后一个值日生手上时配餐完毕，然后发给排队领餐的其他同学。

拿到自己的餐盘回到座位后，大家等待班长发号指令，一起说

盛饭时的场景

多出的食物靠"剪刀、石头、布"决定归谁吃

耐心等待其他同学

"我开动啦！"，再摘掉防细菌感染的口罩，拿起筷子。先领到餐盘的同学，一直在耐心等待所有人，没有人抢先开动。

开吃后，一些女孩子端着盘子，又走回了饭桶旁。她们知道自己吃不完，会在开吃前把盘里的食物倒回桶里，而有些大胃王小朋友刚好不够吃。如此，既不浪费，又能和谐地食物共享。

当天的配餐是：一碗半温的酸菜炒饭，没有蛋黄酱味道的土豆沙拉，两条又硬又咸的干鱼条，一碗肉片蔬菜汤，一盒200毫升的牛奶。

看到这样的午餐，我们几个人虽然身在不同教室，但内心的想法应该是接近的：还好早上吃得多。

但其实，这是我吃过的"给食"里，相对不错的一顿。我在其他学校吃过干巴巴的餐包，冰凉的可乐饼，以及

当日"给食" 　　　　　　　　　吃完午餐把餐具摆放整齐

没有味道的蒸蔬菜，都是硬生生咽下去。

不过孩子们倒是吃得津津有味，还不停地说"好好吃啊！"。真诚而不做作的表情，让我相信这是真心话。也许是受冻了一上午，发自内心渴望食物的温暖。

只有鱼干被不少人吐槽，"有点苦哎……"但这么说着，大家还是乖乖吃掉了。比起味道，不浪费食物的理念，在他们脑海中更深刻。

我吃了一条鱼干，瞬间有些味觉不适，惆怅起第二条要怎么处理。坐在我旁边的小胖子却说，"我喜欢吃这个鱼。"那一刻，我赶紧向他求助，"你喜欢啊？那把我的这条也吃了吧？"他愣了一下，表情是想吃却又觉得不应该吃，有些扭扭捏捏，周围的女孩子们怂恿他，"没事没事，你快点拿！""我们不会告诉其他人的！"唉，不过是一条难吃的鱼干而已……

小学生终究是孩子，吃午饭也能闹翻天，前后排叽叽喳喳，有人把鱼头串进筷子里，当成"臭鲤鱼旗"玩弄。班主任坐在教室前排的角落，吃着和孩子一样的食物，却完全没了课堂上的威严，好似跑龙套的演员。

用餐时间半个小时，速度慢的孩子拖到了最后一分钟，吃完的小朋友把餐具归类放好，碗、碟、筷子摆放整齐，牛奶盒用水冲洗干净后，按要求剪开成统一样式，以方便回收。但无一例外，没有人剩下食物。

吃饭时和小朋友聊天，问昨天吃的是什么，小胖子说是他最爱的煎饺，然后旁边的小姑娘两眼放光地说，"明天中午吃面包！我最喜欢面包！"

西餐、日餐和中餐日日不重复，但我揣测，都不会好吃到哪里去。

我有时候觉得，日本人之所以不挑食，大概是因为从小没吃过好味道，毕竟这么难以吞咽的食物，在小孩子口中也是无上美味。但我又不得不承认，从低龄开始培养的基础食物教育观，也是近几年兴起的"食育"，影响了日本人未来的很多价值观。也难怪办公室里分发的奇葩外国点心再难吃，日本同事也会尽量边吐槽边哭着吃完。

但别看食物不好吃，管理倒是非常严格。

神户市小学生的食物配备，由县厅的教育委员会统一负责。他们会在官网公开每个上学日的午餐食谱，仔细看才知道，不只是每周不重复，甚至一个月都没有一样的菜单。每一道餐食包含的原材料，从米、面来源到酱油等调味料全部列出来，从营养方面来衡量是完全合格的。

不过，具体吃什么，每个地方政府的规定略有差异。在神户小学一周五天的主食食谱中，有两天是面包，有三天是米饭。大米用的是兵库县产品，面包是当天烤制后送到各个学校，由指定工厂提供，牛奶也是一样。使用的蔬菜由神户市运动教育协会统一采购，出于新鲜度的考量，也基本都使用日本国产菜。

制定营养菜单也要有据可依。日本的文部省有规定，学校午餐要满足孩子一天所需热量的三分之一，即650卡路里左右，钙含量要达到一天所需的二分之一。所以在政府公开的食谱里，也会详细标注每顿饭包含的营养含量，看起来寒酸的配餐，实则包含了儿童每日所需的蛋白质、铁和食物纤维等，只要好好吃"给食"，就不会缺营养。

此外，对配餐卫生的严格把关也是重要一环。有一项规定是，所有食物要当天制作，而且必须在做出的2小时内食用完毕。至于鱼、肉、蛋等食物，制作时的温度必须达到75度以上，且连续加热1分钟。如果遇到台风等恶劣天气，学校则要临时停课，当天所有食材都要全部处理掉，禁止继续使用。

那么，如此用心的午餐，需要多少费用呢？官网会列出采购食材的成本等数据，给出合理售价。神户市当年的餐费是260日元，还包含了一瓶牛奶。而原材料涨价时，"给食"的价格也会涨一点点，但还是要比妈妈们的手作便当便宜，这样日本的家庭主妇们也能轻松一些。

上课前，孩子们有20分钟的玩耍时间。吃饱了饭，大家光着腿满操场撒欢地跑，或许跑起来才不会冷。负责打扫卫生的孩子却摸着凉水，趴在地上认真擦地板，还要清洁大家用的厕所。

从学校出来，坐上温暖的电车座椅，身体终于暖和起来。可是，因为吃的少又没油水，还没到下午茶时间就已开始肚饿，大家果断去便利店加了一餐。

9 当我们的校园更"高级"时

你知道关岛吗？如果知道，又了解多少呢？

于我来说，听过名字，知道那里有很多日本人，现在归美国接管。

有次活动，我们去一所郊区高中参与学生的修学旅行交流会，目的地正是关岛。别说我和韩国交流员，就连美国交流员也担心地吐槽，"关岛，我也不熟啊，从美国去比从日本去还远……"

事前我们和学校老师邮件沟通过活动内容，但当天，我们还是两手空空，头脑也空空地坐上了"下乡"的电车。以前去学校，怀揣着放有PPT的U盘，心里有底，这次只好互相安慰着要随机应变。

进入体育场，全校九百多人齐聚一堂，算是大学校了。由于当天一下午不用上课，于是学生们叽叽喳喳闹翻了天。

讲台上挂着活动主题，"成为世界公民"。

我们和校方再次确认了活动流程：先是学生们的演讲，有菲律宾志愿者的活动报告，有去澳大利亚调研流浪汉现状的汇报，还有校内各种调查报告的成果汇报，如智能手机的使用现状、性别问题研究等；后半程是关岛的旅行交流，学生和我们的对谈——如何成为具有国际视野的人。

学生的汇报有长有短，有深有浅，都是少男少女们眼中的真实世界，听起来很有趣。

后半程，我们坐在主席台，有点像领导，接受台下学生的提问。暖场的问题千年不变，"你们为什么学日语？""你最喜欢的日本料理是什么？""你最喜欢日本的哪个城市？"答曰，"因为我父亲以前在日本工作，我从小就对日本有兴趣。""我最喜欢鳗鱼饭，现在在神户也爱上了神户牛。""之前喜欢京都，因为是古都，现在觉得神户更宜居。"我的回答也逐渐形成了一套标准回答。

后来学生讲起了关岛旅行的收获，说在那里遇到了很多移民二代，甚至三代，感觉他们既不是日本人，也不是美国人，身份很复杂。可能这个年纪还难以理解"身份认同"的重要性，但于他们来说，长大后再回望会是很特别的经历。

我当时很惊讶的是，参加"关岛修学旅行"的并不只是讲台上的几个学生代表，而是这所学校的全体高二学生。联想到这所学校的偏僻，我又一次被日本教育资源的发达所震撼。

我深知日本人为了"国际视野"，有多努力。

JET项目的外语指导助手遍布日本城乡，再偏僻的农村学校里，也能看到欧美人的脸，保证英语母语人士的比例；学校还鼓励学生思考国际问题，包括邀请我们去学校演讲。我常在教室的黑板上看到学生完成的调查报告，主题有"移民考察地图""英语名人演讲原稿整理"等。他们真的是为了成为"世界公民"而从点滴开始培养。

但你以为他们就此忘记了日本文化吗？

才没有，日本人比谁都会保持传统。曾经去过一所农村高中，居然有一间私藏书库，保存着神户市图书馆都没有的日本古籍。校长说，每年都有神户大学的毕业生为了写论文，跋涉几个小时的电车过来查资料。

同样是这所高中，选修课里有日本传统舞蹈。学校老师不会教，他们就邀请专业人士每周来校两次。访问那天，刚好看到他们开心地"群魔乱舞"。

一所农村高中的私藏书库

舞蹈课课堂

烘焙课课堂

这哪里是山里的中学!

在另一所高中，学校选修课设置了烘焙课，邀请神户烘焙学校的老师来示范。观摩的那天，大家在做水果蛋糕。工具很专业，连昂贵的草莓也足量供应，只为给学生提供最好的上课体验。

走到音乐室，电子琴、吉他、贝斯排了一整列，还有一架好看的三角钢琴。阳光洒落进来，画面闪闪发光。青春，不就是这种感觉吗？

在这所历史悠久的学校里，至今保存着一座80年前建校时的小洋楼，被列入县内文化遗产。但没有限制，出入自由，还有学生的合唱练习室。午休时间，优美的歌声荡漾在暖阳里，恍若天堂。

去过的这些高中，硬件配置并不高，来参观的国内老师也好奇，日本这么发达，为什么教室没有普及投影仪，操场没有普及塑胶跑道，校园这么小，教学楼这么旧。

可是，当从校外走进课堂才知道，什么是真正的"高级"。

18 同一片天空，不同的生命

学校访问是交流员最主要的工作，一般去的是正常学校。"正常"是相对于我去过的一所特殊学校而言——"兵库县立神户特别支援学校"。日语里，"支援"有"助残"之意，那是一所残障学校。

在日本居住后，有个明显的感受是，路遇残障人士的频率特别高。起初我以为是残障人数比例高，慢慢发现是日本的残障设施比较完善。大多数残障者，无论身体残障，还是精神残障，都能去学校上课，或者接受技能培训。他们像正常人一样大方出门，且出行便利。

我去特殊学校做的活动，和普通学校的活动一样，包括分享中国文化。

前期联络时，我想象不出将要面对的学生是什么样子。听老师说，学生在上初中二年级，但智商只有小学低年级水平，甚至是幼儿园水平。他们不太认字，只能看懂日语里的假名。

于是，我提前到达学校，默默做着准备。接近开始时间后，学生们陆续靠近。远远地，我在教室就听到了走廊里传来的尖叫，这令我有些惊讶，因为声音不是一般的高亢。

在老师和监护人的指挥下，学生们坐齐，一共是12人。我望过去，有的孩子是唐氏综合征患者；有的孩子看起来像自闭症，一直捂着耳朵；有些像多动症，无法安静下来；还有些孩子表面上看不出任何问题，但之后会出现各种状况。我还是第一次遇到这样的情况，内心有些犯难，应该怎么沟通呢？

我试着放慢一半语速，简化信息，多放图片，认真观察他们给我的语言和身体的回应，加上经验丰富的老师从旁协助，情况并没有想象中那么难操作。

和正常的孩子一样，他们看到熊猫的画面会突然兴奋；我问起日本的十二生肖①，他们自豪地对答如流；我准备了国内带来的小礼物，是印有熊猫图案的文件夹，他们非常开心地收下。在这些瞬间，我会忘记他们身体上的残障。

但现实又如此残忍，当有些内容我重复很多遍他们也听不懂，当他们想自己画画时却拿不好画笔，突然情绪失控的瞬间，我不得不认识到，他们和普通的孩子不太一样。

负责活动的老师说，这所学校有两百多名学生，从小学到高中，残障程度不一。有些孩子的残障比较外显，有些则需要在接触后才认识到他们在精神和心理方面的残障表现。

其中有一个和我互动较多的小姑娘，我们完全可以正常对话，而她在画画时却迟迟不能下笔。据说她事事要求完美，一旦画得不好，就会开始暴躁……类似的情况还有很多。

学生们不住校，由校园巴士或者监护人接送。这让我想起每天早上上班时间，我在同一趟车厢里经常遇到的一对父子。爸爸一直拉紧儿子的手，虽然儿子比他还要壮，但看得出，他有些智力障碍。可能爸爸每天都带着儿子去学校上学。

很难想象，日日陪伴这样的孩子是怎样的心情。老师说，很少有教育方向的教师愿意来这里教学，因此需要轮换调遣老师资源。

但这所学校每年坚持提出申请，希望国际交流员来校做文化讲座，每次做一个国家的一个主题。哪怕学生们听不太懂，哪怕学校交通极其

---

① 日本的十二生肖和中国一样，但汉字"猪"在日语里是"野猪"的意思。

不便，也要尽其所能地让他们和其他孩子一样了解日本之外的世界。仅凭这一点，也足以让严寒中的我感到些许暖意。

活动做完，拿到礼物的孩子露出了笑脸，和教室的暖气一样温馨。走出学校，抬头望望蓝天，虽然寒风瑟瑟，却有一种莫名的清爽感。

感慨"珍惜自己拥有的一切"未免太矫情，但生命的形态那么多，每一种都应该丰满。

你只有看得多，
才活得更温柔

1. 有一种幸福叫美莎子

美莎子是办公室的同事,一位身材瘦削个头高挑的日本女性,4月刚刚入职,但她不是县厅的正式公务员。

来这里工作的前几个星期,大家都感觉她干练又高冷,每天在办公室利落地处理各类事务,雷厉风行。此外,她还要负责办公室的杂务,包括处理垃圾、给热水器加水,等等。由于事情太多,平时只见她在不停地找人签字、盖章、接电话、打电话。她是京都出身,一开口就有京都口音。而一到下班时间,她就背上双肩包匆匆离去,不知道在赶什么场。在办公室里,我几乎和她说不上话。

后来,有几次活动一同参加,一来二去,聊得多了才熟起来。她告诉我们,除了白天上班,她还在上夜间大学,每天一下班就得赶电车去学校。为了上课不迟到,她主动申请缩减午休时间,以便下班可以提前15分钟走。她有一个7岁的女儿,有时候要去学校参加女儿的活动。

我们一致的感觉是她也太拼了,工作育儿两不误已经很难,还这么努力地读大学,"辣妈"指数一路飙升。外表瘦弱的美莎子,在我们心里的形象突然高大起来。但如果只是停留在这里,也不过是个励志的"辣妈"养成记而已。

后来有几次一起参加英语角,在一众分不清"r"和"l"的日本人学习英语的阴影中,美莎子充满阳光沙滩味道的流利英文顿时刮来一股清新的风,连Jack听了都两眼放光。美莎子还忙不迭请教Jack面试的细节,因为她正在申请模拟联合国的项目。

有一次无意中说起这件事，我说她英语好棒，她谦虚地回了句，"以前在澳大利亚留过学而已。"

再后来，她的办公桌搬到了我斜对面，中午就有机会一起吃饭，聊的东西也越来越多，感觉她和普通日本女性不太一样，没那么多婉转迂回的心思，也许是在澳大利亚待过8年的缘故，她说话更直接也更有趣。

聊起日本社会对推着婴儿车乘坐公共交通的现象似乎不够包容，比如有文章说推婴儿车坐地铁和电车占用了太多地方，让原本高峰时期的车厢变得更拥挤时，美莎子便会吐槽，"开什么玩笑，本来就少子化了，日本人应该感谢这些愿意生孩子的人啊，下次见到推婴儿车的父母要对人家道谢才是！"

说得酣畅淋漓！

她也毫不介怀地聊一些私人问题，包括自己的事情，比如她主动说自己是单亲妈妈。很自然的，我们心里划过一道"原来离婚了，怪得不这么拼"的感慨，又转念一想，在这个离婚和分手差不多普遍的年代里，也没什么稀奇的。然而，她似乎猜到了我们怎么想，补充道，不过我不是离婚的那种情况，是我怀孕之后，和那个男生没能在一起，于是一个人生了孩子带大的。这个展开有点超出预想，她却说得一脸平静。

后来慢慢了解到当时的美莎子29岁，而那个男生才21岁，这段感情以男方家指责美莎子无果而终，而美莎子也曾犹豫是否要选择单亲妈妈的路。

她说，自己在澳大利亚学的是医学专业，本打算按部就班地回日本医院工作，却没想到出了这个状况。如果打掉孩子，就和她当医生的初衷背道而驰，无论如何不能接受。于是，她选择生下了

Sakura（她女儿的名字，日语里是"樱花"的意思）。

小樱从来没见过自己爸爸，因为对方后来组建了新的家庭。美莎子也不会刻意对她隐瞒事实，会认真地跟孩子说事情的来龙去脉，并且反复告诉她其实爸爸很爱她，这么做是不想孩子内心埋下仇恨的种子。而她自己也这样阴差阳错地没能去医院，但英语好的日本人太难得，于是她一直在不同的国际机构从事兼职工作，以方便带孩子。

了解到这么多之后，我被她跌宕起伏的人生惊得目瞪口呆，因为她说起这一切的时候实在是太平静了，既没有委屈也没有抱怨，甚至还自嘲地说好想找个好男人，但她这种条件很难找……

她知道我喜欢京都，于是某个周末邀请我去她老家玩儿，就在京都附近，是一个我还没去过的小城市。在她妈妈家里，我见到了她女儿小樱，是一个懂事、体贴、略显早熟的小女孩。美莎子每周带小樱回妈妈家一次，其余时间独自带孩子。原本日本的育儿观就和国内有很多不同，她也从没想过直接把孩子扔给妈妈带。

看到祖孙三代的三个女人在一起其乐融融，似乎也看不出这样有什么不好，反而会被她们的和谐与温暖感染，那不是一种自怨自艾式的将就，而是充满了自信的快乐，令人感受到一种更积极向上的力量。

我在一旁看着她们，尤其是看到美莎子终于能在周末自己妈妈家得以悠闲度过的神情，还有她用精致的餐具享受午后咖啡和茶点的闲适，便忍不住想起题目里那句话，或许，有一种幸福叫美莎子。

可能在曾经的某些时刻，她也向往过普世价值的幸福，找个互相爱的人，结婚，生子，工作，一起老去。但命运的发展就像掌纹的变化，谁也不能预料到这条看似平坦的幸福之路上会遭遇什么意外，又会引领我们朝着什么方向而去。

在普通人眼里，美莎子的遭遇是不好的，是一步错步步错的典范，不仅耽误自己，也影响孩子。可是我竟在她身上感受到了一种比普通幸福更强烈的力量，那不是爸爸妈妈牵着孩子去公园玩耍，沐浴着慵懒阳光一般的温吞的幸福，而是彻夜爬山后在山顶等待日出时，那种眺望着若隐若现却又充满希望的朝霞般的幸福。她在拼命努力地向上，想要冲过重重云层，从而折射出耀眼的光芒。

美莎子心里清楚周围人的眼光和看法，但因为内心强大，她才能在说起自己的故事时没有悔恨。她比任何人都清楚，没有人能让自己绝对幸福，更没有人能让自己陷入绝对不幸。人生那么长，唯有自己始终努力，才会无限接近自己想要的幸福。

和她在一起聊天时，很少说到女孩子喜欢的美容、化妆、电视剧之类的话题，她反而对跨文化交流和社会现象更感兴趣，也会问我很多关于中国的事情，虽然有不少是媒体偏见导致的误解。有一次，她在大学的公开课上提出没有切身感受到政府对单亲妈妈这个群体的关照，后来开课的同志社大学教授专门为她开了一场讲解日本女性福祉政策的讲座。

这就是美莎子。当我问她可不可以把她的故事写出来发表的时候，她爽快地答应了，真是轻松！

每当看到她，我总会想起罗曼·罗兰那句话："真正的英雄主义只有一种，就是在认清生活真相之后，依然热爱生活。"

我们不必刻意成为英雄，却可以让自己不被真相轻易伤害，如此，才可以活出自己觉得幸福的姿态。

2 桥下君去研修了

桥下君是办公室新来的应届生，和我入职时间相同，就坐在我左边。

因为是男生，大家都叫他"桥下君"，而且他也是办公室里年龄最小的，只有22岁。

我和他共事了几个月，深入交流不算多，但每天从早到晚坐同一个大办公桌，抬头不见低头见。从这位个头不高、扑闪着大眼睛、爱吃麻婆豆腐的日本男生身上，我对"典型"的日本人有了更具象的理解。趁着他去东北震灾地研修，我有了充足的思考空间记录下他的故事。

桥下君不在的几天，最大的感觉是世界安静了，因为他的电话特别多。新人有一项主要工作是负责联络，从早到晚，放在我俩桌子中间的电话会不断响起。他接电话时特别紧张，除了固定的那句"我是兵库县厅国际交流课的桥下，多谢您平时关照"说得特别顺之外，后面就听他一直在"这个……那个……呃……啊……"这几个词之间窜来窜去，坐在我右边的浅田小姐每次听他打电话也很紧张，要竖着耳朵听，好随时帮忙。桥下君对面的森先生，恨不得把听筒接过来帮他说。因此桥下一接电话，我们组的人仿佛都在那一瞬间停止了手头工作，画面定格。然而，几个月之后，他还是常常紧张到咽口水，无助时扑闪着大眼睛，呆萌地望着上司。有时候人多嘴杂，大家把他越说越晕，索性被人接过话筒，留下他一脸无辜，好像自己做错了什么。此外，也会遇到外语电话的情况，如果是英语还能勉强对上两句,然后转接英文翻译;而如果是小语种就麻烦了,他说有一次不知道什么语种,一接通就用类似英文"jump"发音的单词打招呼,气氛瞬间僵住了。

我的出勤时间比正式公务员晚,我去办公室的时候桥下君已经到了,下班时他还没走,因此我完全不清楚他的工作时长。有一次大家都出去办事了,就剩下我俩,见他略微放松,便闲聊了几句。他说老家在姬路,是赫赫有名的姬路城所在的城市。工作后在神户租了房,坐电车上班要一个多小时,所以他每天七点前就出门了。问他每天几点下班,他说有时候早的话是六点多,晚的时候八九点也常见。其实,正式公务员的下班时间和我们一样,都是五点半,但工作狂的日本人几乎没人按时走。我心直口快地问他真的有这么多事情做吗?他说上司没走,他也不好意思走。

事实上,也只有上司不在的时候,我才敢和他说两句话。其实,领导明明是个超好说话的居家男,但桥下总战战兢兢怕自己搞错事情,去卫生间都要很小声地通告大家"我去下卫生间"。我和浅田都好希望有男同事提醒他,不用每次都汇报,可惜一直没有。他坚持不懈地每天播报好几次,每次站起来还会礼貌地把椅子推好。

领导让他跑腿去送材料或者寄东西时,他都一路小跑,远远都能听到他急促的脚步声,好像怕领导觉得他耽误一分一秒。六月天的空调还没开放,每次回来他都满头大汗,坐在椅子上一边喘气,一边继续噼里啪啦敲电脑。有时实在太热,就拿出街头分发的塑料小扇子扇一扇,活脱脱让人看到了他中年的模样。

他的礼貌也让我咋舌。日常自不必说,找我打中文电话,或者让我帮忙写中文的邮寄地址时,像是给我添了天大的麻烦,反反复复道谢。开始时我也礼尚往来，一遍遍说"客气客气"，后来真想告诉他，你这样才是在添麻烦。他有次好奇地问我，"高桑是不是在这里工作第二年了？"我说和他一样是今年新来的，他的大眼睛无比惊讶，像是自言自语一般，"你怎么那么淡定啊……"我心想明明是你太紧张。

看到如此认真过头的桥下，我说他"かわいい"（好可爱），浅田会同情地说"かわいそう"（好可怜）。我说感觉在他身上看到了典型日本人的身影，浅田赶紧补充，"是上一代日本人哦，现在的年轻人可是很少有他这种毕恭毕敬的了。"也是，隔壁经济课有他的同期小伙伴，和桥下的风格完全不同，是大大咧咧的类型，感觉走路都能颠儿起来。

现在的日本年轻人很少如此，但桥下的父辈，也就是现在成了大叔的日本男人，都经历过桥下这样的年轻时代吧。他们毕恭毕敬，一板一眼，小心谨慎又勤勤恳恳，被称为"工作机器"并不夸张。日本经济之所以能高速增长，也正是靠着这些人从一点一滴的坚持铸就起来的。

要是哪天在电车上看到昏昏欲睡的桥下君，那可是一点都不奇怪。因为日本的电车里有无数个睡得东倒西歪，一脸疲倦的"桥下君"。这样想来，也许身在东北的桥下都研修得不想回来了呢，不过也有可能研修比上班更紧张，因为又是一个新环境。

【后记】
后来坐了15个小时夜行大巴回到神户的周一清晨，小伙子风尘仆仆地赶回了办公室……

3 桥下君的中国行

来国际交流课半年后,亚洲组的桥下君迎来了他的第一次出差,也是他第一次出国,他被派去中国的友城广东省,期待中夹杂着不安。

虽然每天上班都见到我这个中国人,但由于是用日语沟通,所以没能给他留下鲜明的中国印象。出发前一个月,他开始和我讨教一些与中国相关的事情。

先是认真地跟我学了中文寒暄语,会说简单的自我介绍。桥下君很有语言天分,说中文时声调抑扬顿挫不会跑偏。后来便开始问些无厘头的问题。

"高桑,从广州去东莞远吗?我们的行程里有这个地方。"
"高桑,你知道东方酒店吗?我们这次住这里。"
"高桑,和中国人干杯,自己的杯子是不是要比对方低?"
"高桑,中国人亲不亲切?"

前面的还算是问题,最后一个是什么意思?难道忘了我是中国人吗?

桥下是乖乖仔类型,第一次出远门的兴奋和紧张都写在了脸上。他去出差的那一周,课里的人一看到他空着的座位就会嘟囔一句,"桥下君在中国大丈夫①?"

我担心一些中日文化的差异造成误会,就在他出发前半认真半开玩笑地提醒他,中国有些习惯和日本不一样,比如中国人说话直接,不像日本人委婉,所以遇到说话太直接的人不要太介意。

我当时的考虑是,万一遇到吐槽日本的人,可别让呆瓜脑袋的桥下误会。第一次去,我还是想让他有个好印象。

就这样,天然呆的桥下君奔赴了广东,连手机网络都不知道准备。虽然我提醒他国内处处有无线网络(WiFi),但他可能很少会想起。

一周之后,周一上班时见到了从中国归来的桥下。看着他一脸疲惫的样子,心想大概是度过了相当奔波忙碌的一周。

他年龄小,少不了受到一众前辈的关心,大家纷纷问起他的首次国外行。然而,不论谁问,这家伙都只会说一个词,"いろいろ……"②还带着一脸的无奈。是被骗了?行李丢了?还是钱包被偷了?

浅田小姐毕竟是过来人,试探着问了一句,"是不是在中国拉肚子了?"

"倒没有,在中国吃得挺好的。"

我趁机问道,"都吃了啥?"

"青蛙!吃的时候不知道是青蛙,吃完了才知道,没想到这么好吃!"

"嗯,广东人爱吃,不过我不敢吃。还有呢?"

"还有鸽子!这个也好吃!"

---

① 日语单词,意为"没问题"。
② 日语单词,意为"发生好多事情",通常带有"一言难尽"之意。

"对对，红烧乳鸽超有名的，在日本都见不到。"

"嗯，竟然还是一整只端上来的！香港地区事务所的同事连头都啃了，真厉害！"

"这个，确实，厉害……"

"还有猪蹄，中国的猪蹄居然有骨头哎，日本的都是去骨头的……"

应该是你们牙不好，啃不了骨头吧。

"还吃了三文鱼，不过中国的三文鱼怎么像掺了水似的……"

怎么还跑去吃日料了？我从来不主动去日本的中餐厅，能正宗吗？

围绕着吃，桥下愉快地回忆起了中国之旅。

他说最惊讶的是，餐厅的客人用同一壶茶水，又洗碗筷又喝，不知道为什么要洗碗筷，但是茶水挺好喝的。

还夸赞中国女孩子很潮，看起来和日本女生没区别，不过中国男生好像都是一个发型。

中国司机也给桥下留下了深刻印象，"原来中国人开车好猛，还可以按喇叭加塞儿啊……"这，也算是重要体验之一了。

然而，对那句"いろいろ"，我始终存疑，但不好在办公室刨根问底。

到了中午的例行午餐，只有我们几个交流员的时候，桥下终于一吐为快。

"其实，是有个女孩喜欢我……"

"啊？日本女孩还是中国女孩？"大家问出了最关心的问题。

"中国的。"

"怎么会有中国女孩？"我好奇了。

"我们不会中文，接待单位找来了懂日语的大学生来做翻译志愿者……"

"会不会是你自作多情啊？人家有说喜欢你吗？"澳大利亚的交流员言辞犀利。

"她跟我告白了，第二天开始她就一直和我靠近，直到周五准备走的时候，她把我单独叫到一边，说喜欢我什么的……"

"那你答应了吗？"美国小哥一脸淡定。

"怎么可能答应啊……"桥下一脸惊悚。

"怎么不可能，难道不是你喜欢的类型？"

"嗯，算是吧，所以我直接拒绝了……"

"多直接？"韩国交流员好奇道。

"我说不好意思，我不是很喜欢你，大家还在等我呢，我就走了……然后她还问我要LINE①账号，我没给，要是她还不停地给我发信息，多麻烦啊。"

"你也太直接了吧？"恋爱经验丰富的Jack，每周例行地教育起桥下。

"其实我也很为难……从知道她喜欢我就开始为难了，我还是第一次遇到这样的事情。晚上都睡不着，她的脸一直在我眼前晃啊晃……"

"然后我就想起高桑跟我说，中国人说话比较直接，我就干脆利落地拒绝她了！"

正在吃拉面的我几乎要喷出来了！

拜托！这完全不是一种情况啊！怎么用在了拒绝告白的场景里！

所以，被桥下一口回绝的女孩，连LINE号码都要不到，难道要

---

① 连我（LINE）是日本社交软件巨头。

怪我？内心真是为素未谋面不知是否很受伤的姑娘深感抱歉。

回到单位，办公室的人都知道了，一同去的领导一路都在拿桥下开涮，回来还要继续揶揄。于是，"哎哟，桥本中国行不错啊！""啧啧，艳遇啊！"……伤害停不下来，桥下君只能一边骄傲一边害羞。

"中国不错吧，下次专程去旅游如何？等我回广州招待你。"我助攻一把。

"啊？万一再遇到那个姑娘咋办……"

我就一直在思考，那姑娘究竟看上了桥下君哪一点呢？

4 原来也有这样的日本人

我们很容易用标签来定义某一群人。

比如日本人总把中国大陆游客定义为"土豪""素质不行",不过在机场隔空互相喊话、在街上走一排把人行道堵成一道墙、付账时不看队伍之类的事情确实不少见。

反过来也是一样,和日本人一起出去吃饭没被招待过,买个饮料也要AA制,每次喝了酒才会说几句大实话之类的事情我也习以为常了,中国人心里的日本人也容易被定义为小家子气、假惺惺。

以偏概全的事情多了,标签只会越来越刻板,只要见到类似情况,心里就会冒出"さすが"(果然是这样)的想法。

就像我每次外出做活动,都知道大概是什么流程了,去到地方,客气寒暄一番,然后开讲,结束后再客气寒暄一番,回家。如果赶上午饭时间就顺便吃个便当,大方点的国际交流协会还会送点当地土特产,如果没有也是正常。

有一次我只身去一个叫猪名川町的乡下地方做活动时,心里也这么想的。唯一的期待是可以趁着工作机会去一个没去过的地方,虽然地名听起来有点……土气。难不成是养猪名城?啊,简直更土气了。加上交通不便,要坐地铁转阪急电车,再换乘转搭巴士。一个小时的演讲,来回却花费了四个小时路程。

不过对方在中、韩、美、澳四个国家里只邀请了中国交流员去讲,还是要认真准备,力求更新一下日本人脑海中的中国印象(据说这次观众都是中老年人)。身负此等重要使命,烈日炎炎的大中午，我啃着三明治就出发了。

好不容易等来一小时只有两趟的巴士，开出了小小的市区，在一片绿油油的田野里撒欢跑开了……然而当巴士撒欢了20分钟，车费还显示在260日元的时候，我简直要怀疑我会不会迟到了，因为起步价210日元，而我要坐到车费340日元的那一站。

车越开越久，沿路风景也越来越乡下了，能看到赫然耸立在空旷小道上的石窑手作面包房，装修得像童话般可爱，简直是绘画书里搬出来的模型。面包控的我直觉上就知道一定很好吃，盘算着等下回来的时候要在最近的车站下车，买一堆面包带回家！

巴士继续开啊开，转过了农田，开过了一片向日葵园，路过了一座欢腾得像要跳起来的彩色猪的塑像时（猪名川的吉祥物果然是猪啊！），突然进入了一片洋气的居民区，且每个路口都设有巴士站。日本的一户建风格大多比较朴实，偶尔也有土豪版的，但外形都有着浓郁的日系风格。但同时，因为设计上又是布洛克风，因此也有一种置身欧洲的错觉，说是欧洲小镇都能信以为真。这场景让我瞬间克服了每天的午后困倦，好奇地打量起这一带。

终于出现了要下车的站名，令人一阵心安。车站有一位亲切的小哥在烈日下等着，带我去了会场。地方上的国际交流协会也去了好几个，这种像展览馆一样的还是第一次见。

活动开始前，我在后台和负责人聊了会儿天。他说他年轻时去过中国，而当我已经准备好开聊北京烤鸭和上海时，他却说去过的地方里最喜欢新疆！可惜没有太多时间细聊就要去给日本人普及中国常识了。

在刷新他们对中国的理解之前，我先和他们分享了自己眼里的日本，如此循序渐进。不出所料，当画面中出现堵车场景时，一向沉默的日本人罕见地集体发出了"哇！"的惊叹，这时候我心里就冒出了"你们果然觉得中国很落后呀！"这样的庆幸，同样的反应也出现在他们看到中国物流电商和支付平台发达的画面上。

一个小时的课堂很快结束，不过日本人爱吃的天性从不遮掩，自由讨论时话题都围绕在我介绍的八大菜系上。结束后有人过来说"高桑，听了你的课，激起了我去中国旅游的兴趣啊！太感谢了！"，虽然真假难辨，但还是很有成就感。

在办公室交换名片后，我收到了猪名川的特产春雨！日语中的"春雨"是一个很清新的名字，意思是粉丝。准备问他们巴士几点几分到的时候，被工作人员问到"高桑今天还要回办公室吗？""啊？不用了。今天的工作结束了""那晚上有没有安排？""没有""那和我们一起去吃中华料理吧？""啊？""开玩笑开玩笑，一起去喝茶吧！"刚好中午的三明治也失去了效用开始肚饿，那就在这个奇妙的地方待一会儿，和他们聊一聊好了。

坐上某位大姐的车，一行八人分开好几辆车，开去他们口中特好吃的意大利餐厅。嗯，在一个很乡下很偏远的小地方吃意大利菜。到达时，我都要开心坏了，竟然是来的路上决定要去的面包房！和隔壁的意大利餐厅是同一家。当我兴奋地告诉他们时，几位大姐开心到好像是她们如此幸运一样。

推开门，面包的香气扑鼻而来，她们也推荐我回去的时候买一些。

浩浩荡荡地拼了桌，吵吵嚷嚷着开始点餐。慢着，不是来喝茶的吗？

"可以当下午茶，也可以当晚餐，不过我等下还有活动的便当。"协会会长大岛先生说。

"这里的比萨好吃，我们这么多人点两个一起吃，每人再点一份意面吧？"

"好啊好啊！"身材丰满的大姐开心答应。

"可是我等下还要回家做饭啊！"年龄稍大的主妇说。

"怎么办？我吃还是不吃……"我对面的阿姨也在纠结中。

大家七嘴八舌，犹豫的，劝的，喊服务生的，我还是第一次在非居酒屋场合见到如此豪爽的日本人，乡下人就是比城里人爽快又质朴啊，完全不用端着。

最后，在强势会长的决定下，大家点了比萨和若干意粉。

"高桑喝酒吗？"

"下午就喝酒啊？"

"反正都是晚餐了，红酒如何？"

"挺喜欢……话说下午开始喝酒是你们猪名川的风格吗？"

"哈哈，不过我们都开车，喝不了酒。"

等餐时大家围绕着我讲的内容展开了讨论，一如既往，天津饭刷新了他们的三观，然后对北京和上海之外的中国城市产生了好奇，还有单双号出行、中国菜的种类都成了话题热点。

聊着聊着，突然有人问了句，"高桑你今年多大了？25岁？"虽然对暴露年龄无所谓，但日本人一向注重隐私，不问年龄是常识，可在场的气氛似乎都在等我的回答。这么八卦，就告诉你们好了。"28岁……我其实已经结婚了……"

随后话题的重点可想而知，瞬间感觉回到了中国，被一群大叔大妈连家里收入都要问出来了……最后果然也问了我的工资！

不过念在JET项目工资本就公开，于是告诉了他们一个月28万日元，继续做就能继续涨，又引起新一轮叽叽喳喳。

我当时的感觉是,我还在日本吗?不过这种聊天真的开心啊!除了八卦我,大家还八卦了其他人,也抖落了不少自己的囧事,"我还没出过本州""我以前想去黑社会打工""我昨天和老公吵架了"……你们真的确定和第一次见面的外国人如此敞开心扉没有问题?

饭陆陆续续地端了上来,比萨每人一块刚刚好,但有人没点意面,有人等下还要吃饭,于是就找服务生要了些小盘子互相分着吃。其实在日本很少见到这样互相分享的吃法,即便我和很熟的同事去吃饭,有时点了不同的东西,我倒是很想互相尝下味道,却每每被"大家各吃各的"这种"空气"击退到放弃开口。然而,在这个田园餐厅里,最后完全变成了"共产主义"吃法,我尝遍了每个人的意面,然后又把我那一份分成了若干小份!惊讶什么的已经顾不上了,进入状态的我感觉回到了无比亲切的祖国,在和一群认识很久的朋友聚餐!毕竟通常和很熟的人才会这样毫无顾忌也毫不客气地分享食物啊,但这居然发生在我一向定义为"冷漠又孤独"的日本人身上,而且还是初次见面的日本人。如果说我用天津饭刷新了他们的三观,这次算是他们反过来刷新我对日本人的三观吗?

一顿热气腾腾的意大利餐,大家聊着笑着嗨了一个多小时,最后商量怎么回家。

在这个一个小时只有两趟巴士的地方,不开车当真麻烦。还好面包店门口有公交站,最多等30分钟肯定能来一辆,而且已经在活动结束时拿了他们给的交通费。

可是!坐我对面的大姐说,"我送你去JR车站吧?刚好带你兜兜风!"

"没事没事,我在门口等巴士就好。而且……刚刚已经拿了交通费嘛！"

"没关系，你就坐她的车去车站吧！回去和你上司说是坐的巴士就行了！"会长大人真是语出惊人！我在这里的惊讶无法言语了，继续幸运地赚了个交通费。

准备离开餐厅时，正要拿钱包AA，会长拦住我："不用你出钱，今天我请。"

"啊？"我说呢！难怪刚才点餐的时候他推荐我点最贵的意面啊！还擅自决定了要800日元一杯的红酒，而我本来想点550日元一杯的……请客已经超出我预想了，没想到还请得这么豪气，毕竟八人份呢。

我只能配合着表情说谢谢，但心里已被这个名字土气却无比神奇的地方惊讶到怀疑这里还是否属于日本。

一个短暂的下午，一趟想象中平淡无奇的出差，一个没有太多期待的小城市，却遇到了一群不一样的日本人，去了一见钟情的餐厅，共享了一顿无比难忘的晚餐。

重要的并不是这里的"一户建"有多洋气，风景多么美丽，面包多么诱人，而是我似乎把眼前的窗又推开了一点点，让自己知道，这世上哪有完全一样的人。即便民族性高度统一的日本，不还是有着如此豪放、如此八卦又如此热情的"另类"吗？

以后再断言"日本人好小气啊，很少请人吃饭""日本人好装啊，非得喝了酒才说真话""日本人很注重隐私啊，不会随便八卦的"，就是给自己挖坑了。

猪名川，原来不产猪，产的是不一样的日本人！

5 活成谷中先生的模样

一直以来，我都想给谷中先生一个特写。

他是我来神户较早熟识的日本人，比起同事，我和他交流得更多。

每周四晚上，他都来参加我的中文角，下课后搭乘同一趟地铁回家，每周五中午午休时间，我们又会一起参加英文角。

他退休好几年了，但县厅里有不少人认识他，说起来都是"很热心""人很好"。刚开始接触时，我完全没想到，他这么接地气的老头儿，还做过国际交流课课长。

不过这老头儿闲不住，不愿在家种花养鸟，而是去了一个非盈利组织（Nonprofit Organization，简称NPO）继续发挥余热。做什么不重要，不闲就好。

今年我负责的中文角刚开始，他就热心地帮我联系。第一次上课前，他给所有参加过中文课的人发邮件，号召大家积极参加。中文角的老师由每年的交流员担任，流动性很大。课程是自愿参加，也没什么压力，很容易中途放弃，谷中先生的号召也没有太多人响应。

课后，他又积极热心地给大家发邮件，说我上课好，呼吁大家抓住学中文的机会。他的方法果然有效，后来真就形成了一个小小中文班，固定有七八个人参加。

谷中先生是班里学中文最久的，学了5年，拼音很熟练。但班里有完全零基础的学生，我还得从最基础的发音教起，但他不介意，依旧是其中最积极的,而且每周都来,不会缺席。他分享出自己的经验,告诉大家怎么样发卷舌音,这是日本人最不擅长的发音。

不过他平时没机会练口语,声调把握得不好。为此,勤奋的老头儿每天早晨四点起来听NHK中文广播,跟读模仿。他自嘲说,学语言需要音律天赋,他是五音不全的类型,所以学外语很糟糕。但这么说的时候,他没半点懊恼,反而一副"我学得开心就好"的享受。

发音学习结束后,进入他期待的会话阶段。先从简单的自我介绍开始,少不了说说自己喜欢的中国菜,去过中国哪里之类的话题。别人一般都会说些常见的煎饺、麻婆豆腐,谷中先生偏要说他喜欢满汉全席。我说您这是从哪儿看到的,他说是历史书上看的。我说这是古代皇帝吃的东西,现在中国已经很少有人会做正宗的满汉全席了。然而,这倔老头儿非得过把皇帝瘾,每次还是说喜欢满汉全席,好像自己吃过一样。

中文角上了一个多月,大家渐渐熟悉起来,他提议聚餐,吃中华料理。想来,我在日本吃的中餐,几乎都是中文角的活动,还顺便发现了鱼翅汤在日本的普及,我也不好意思告诉大家里面的"鱼翅"可能是"春雨"(即粉丝的日语说法)。吃嗨了,他就要去二次会,兴致颇高地要去卡拉OK唱中文歌,我不好扫兴,就和大叔们唱邓丽君的老歌,《甜蜜蜜》《我只在乎你》之类,谷中先生则得意地独唱了《月亮代表我的心》,他说这首歌练了很多年。后来每次唱歌,他必唱这首。

他学习热心,帮人也很热心。有次下课回家路上,我说想去神户近郊的六甲山玩儿,他就跟我介绍了一日游的套票,说很划算。第二天中午在英文角见面时,他拿着打印好的套票信息,又详细跟我说了一遍。

而说起英文角，美国交流员Jack负责的活动，他也是最积极参加的一位。因为是周五的午休时间进行，大家都带着午饭来参加，边吃边聊。而谷中先生两手空空，从办公室步行10分钟赶了过来，不仅是最早的，还最认真，他每次都仔细准备Jack在邮件里布置的话题，手写一篇完整的文章。

日本人的英文发音一向被人诟病，但在他这个年纪，英文水平着实让人暗暗惊叹。而且虽然他准备得最完善，但不抢风头，冷场时才举手说"那我来念念我写的吧……"，于是，一群年轻人安静地吃着自己的饭，听老头儿讲自己的趣事。由于每次他都不带饭，我以为他想多些时间练口语，后来才知道他想把午饭钱省下来，这样可以晚上多聚餐、多喝酒。

没有英文角的午休，他和老伙计会一起在单位专用的室内网球场练习网球。别看六七十岁的人了，却脚步敏捷、出手不凡，他们这代人已经打了四十年网球。

因为英语角的机会，我了解到他被派驻过澳大利亚的珀斯事务所和巴黎外交部。除了英文和因喜欢历史而自学的中文，他也懂一些简单的法文。在每天早上的外语广播里，能听到谷中先生在英、中、法三国语言中流畅切换。

他的爱好多，但最积极的还是聚餐。无论中文角还是英文角，也无论是欢迎会还是送别会，只要有吃饭的噱头，他都积极组织，还全程奉陪二次会甚至三次会。夏天来了他也要张罗，让Jack找个正宗的美国餐厅聚会，搞得大家不知道该选麦当劳还是肯德基。9月份的中文课上，他说快到中秋节了，大家也要聚一下。这把年纪了，还真是贪玩儿。

这样的谷中先生，让我看到了我憧憬的老年模样。不论到什么年纪，都可以让自己过得充实快乐。

每次回家在地铁上聊天时，哪怕后来关系很近了，他也不会多问我关于结婚生子等老年人必备话题，而是更喜欢聊正宗的中国菜，好喝的中国酒，以及美丽的九寨沟。他很少说起家里的琐事，有一次提到女儿和我一样是独生女，但还没结婚，也没有唉声叹气。

每次见到他都很开心的样子，好像没什么事情值得担心或忧虑。和他聊天也变成一种愉悦，自己不知不觉也变得开心，而且会心生一丝羡慕，真希望我也能这样慢慢变老，可以跟年轻人聊到一起，不操心别人的人生，给自己找事情做，什么话题都能参与，爱吃、爱喝、爱玩儿，即便满脸皱纹，也是一个有趣又快乐的老太婆呀。

6 你只有看得多，才活得更温柔

在和澳大利亚女孩Lui跪在宿舍的榻榻米上，做了个神户牛肉搭配海底捞底料的绝品火锅后，我俩往闺蜜的方向更进了一步。酒足肉饱，连祖上几代的事情都彼此交换了。

确切地说，这个澳大利亚女孩不是澳大利亚人，她本来是马来西亚华裔，技术移民到澳大利亚后，以澳籍走遍世界。她现在的名字Lui，是她中文姓氏"雷"的发音。

马来西亚人在语言上的优势，使得梁文道对马华文学都另眼相看。因为特殊的历史原因，马来人不仅会说英文和马来文两种官方语言，占人口四分之一的华裔还会说中文；加上下南洋的人多是福建、广东出身，这些人的二代、三代和家人也都会说粤语、闽南语和海南话。这样一算，熟练的语言一只手都数不过来。有些家庭背景更多元，可能会不止一种方言。

在沙巴旅游时，我遇到一位当地导游。男生年龄不大，会说九种语言，在一家潜水学校揽客，每个月只有1000人民币工资。想想不禁有些可惜。

而我们的Lui，从小就有想法，励志要离开马来西亚。读大学时，她本来想去英国，那里是她老爸当年留学的地方，但没有申请成功，退而求其次去了英联邦的澳大利亚，一待就是八年，这之后辗转新加坡工作两年。因为对日本感兴趣，一趟北海道之旅让她做出了辞职的决定。她在北海道读了一年语言学校，掌握了日语，花完了钱，只好又回到澳大利亚。有一天在地铁上看到JET项目的宣传广告，便有些心动，就报名试了试。没想到被分来神户，开始了浪漫的新生活。

之所以浪漫，是来工作前她去新西兰旅游了一趟，神奇般地邂逅了现在的法国男友，而且是她的初恋。有时候缘分这东西还真的是可遇不可求。

两人说好先异地恋，一人在日本，一人回法国。结果太难舍难分，法国男友充分表现了法兰西民族的浪漫，陪着Lui一起来神户做陪同家属。这一来就是一年多，两人计划这里工作结束后一起回法国。这位祖籍广东的澳大利亚女孩，就这样成了真正意义上的"世界公民"。

常常出现的情景是，我们开会的时候说日语，散会后她和Jack说英语，和我聊中文，回家练法语，和家里人用广东话打电话，每一种语言都是母语程度。我好奇她最倾向哪种语言，就留意了她如何记笔记，发现写得最快的还是英语。

她的专业其实是药剂师，但语言能力做不到技术移民，对她而言，语言只是辅助技能。

和她一起做活动时，我还发现她擅长画画。和小朋友做明信片的印章，是她用橡皮刻出来的；她会折纸，可以组织一场夏日的折扇子活动；她懂摄影，用自己拍的风景照给男友的外婆制作了一本日本相册；她会做饭，常常两个人在家享受一羹一菜的快乐；她会烤蛋糕，时不时就和我交换食物。

有句话说，比你优秀的人还比你努力。在她面前，我时常有这种感觉。有时候想，如果她还懂韩语，就可以一人包下我们几个人的工作了。

全能的她活得又很朴实。生活在一个全民皆爱美的国度，她不化妆，不打扮，但丝毫不影响她的自信和可爱。

会多国语言，反而不是她身上最亮眼的事情，语言背后丰富的文化背景给了她闪耀着光芒的气质。她知道中国台湾与香港和内地之间的关系，知道美国的地域歧视链，知道韩国复杂的政治斗争，更知道澳大利亚的职场辛酸，以及法国人莫名其妙的高冷。

她说起任何一个话题都很坦诚，讲到喜欢的东西眉开眼笑，说到不喜欢的东西使劲摇头，完全是小女孩模样。每一次和她聊天，都能获取很多未知信息。

她的宿舍在我楼上，我们常常在一个时间点出门上班。每次下楼后，她都会回头看看，男友正站在阳台目送，两人相互飞吻。那种自然的状态，俨然是我在不在旁边她都有的日常。每次聊天说到她男友——一个没有走出校园的物理学博士多么没有生活常识的时候，她依然开口闭口"我家少爷"，语气里都是满满的爱意。我们有时被死板的日本规矩折磨时，她都第一个忍不住跳起来吐槽，最常说的便是"日本人都没有见过世界啊！"。而一想到将要在法国展开的新生活，她又陷入深深的担忧，不知道能否找到工作。

敢爱敢恨，又不卑不亢。看到她在不同环境里的不同表情，我总会想起这几个字。也好奇她的状态如何平衡得这么好，能在忙碌的日常里，无论生活还是职场，始终保持着自己的节奏，开心地笑着。我印象里，没有见过她慌乱或生气的样子，以至于和她一起做活动会莫名心安。我相信恋爱中的女人自带光芒，但她的柔光告诉我，即便没有爱情，她也很闪亮。

她说刚开始和法国男友旅游时，对方喜欢急匆匆的打卡式节奏，有时候连午饭都吃不上，她一直默默忍着。直到男友发现她情绪不好，她也不会马上爆发自己的怒气，而是祈祷对方能不能给她多点时间，让她先处理掉自己的坏情绪，再说吃饭的事情。

之所以会有这样的处理步骤，是以前在公司时，她有个很喜欢骂人的上司，她非常不喜欢这样的人，就一直暗示自己，无论哪种场合，都要先处理好自己的情绪。

这些道理我们都懂，可做起来却很难。就像那句"听过了很多道理，却依然过不好这一生"。而她不知跨过了多少山和大海，穿过了多少人山人海，才修炼到这般心境，让她在任何状态里，都能从容不迫。

单身时勇敢独立，爱情降临时又温柔如水。切换了很多环境，每一个环境里都精彩。明明有那么多资本，却始终把自己当作一张白纸，一直学习，一直成长。

我以前以为，所谓经历，是去很多地方，看很多风景，吃很多美食，见不同的人，体验不同的生活。可是看到她，我开始明白，看得多固然重要，但这些经历，如果不能沉淀为内在，依然不能成为自己想要的模样。

听到她开心地说起陪男友养了只蛾子当宠物，看到她给我准备活动用的配件和每次挂在我家门口的温热食物，那种润物细无声的温柔就扑面而来。

临近年底，她更开心了，因为很快就要飞去法国，和男友家人过圣诞。其实两人分开才过了半个月，坐在她对面，听着她对他的思念，我快被淹没在她身后散发出来的粉色桃心里，一阵甜腻。

【后记】

JET的工作结束后，Lui和法国男友一起去了法国。第二年，他们登记结婚，目前定居在巴黎附近的小城市。

7 与吉田奶奶的"一期一会"

她那么老了，腰都深深地驼着，连走路都缓慢得像是电影在放慢镜头。

在健身房这么多阿姨甚至奶奶里，她应该是最高龄的。

平时不经常见到她，也没太注意到她。只有那一次刚好在更衣室，恰好她在我旁边，因为东西占了半个长凳，看到我在旁边，于是很不好意思地说句抱歉，赶紧把东西腾开给我让了位子。还顺便夸了我那天的连衣裙很可爱。

于是，我这才第一次认真注意到她，礼尚往来地夸了她这么大年龄还来健身房好厉害之类的话。

她很开心地笑了笑，谦虚地说："哪有哪有，我就是过来玩儿的。"

我看到她正在换泳装，于是问她是不是经常过来游泳。

她说："游不动啦，就在泳池里来回走走。今天我走了80米呢！"说完还不好意思地用手捂着嘴害羞地笑了，好像觉得自己这么大年纪了还在泳池里挺难为情的。

可是我真心觉得能穿泳衣去泳池的老奶奶实在太酷了，发自内心地觉得她好厉害！

她补充道，"其实我都78岁了……"

我内心已给她点了一万个赞，忍不住地羡慕，"真希望我也能有这样的78岁呀……"

于是她更害羞了，却是开心的害羞。"我啊，每天早上5点就起床，然后跟着收音机的广播做一套中国的太极拳……"

"啊！我是中国人哦！"

"是吗？中国很棒的！我很早以前去过上海！"

"什么时候啊？"

"20多年前了。"

"那现在变化可大了，您应该再去看看。"

"老了，身体不行啦！"然后她还不忘刚才的话题，继续说，"我早上打完太极拳，就自己做个早饭，然后去家附近的电脑学校学电脑，不过眼睛也看不太清，就是去那里凑凑热闹，因为我没孩子嘛，一个人住，跟年轻人在一起感觉自己也好像变年轻了。"

"您生活好丰富哦！"

"然后啊，午饭就在电脑学校吃。那儿有食堂，一顿才500块，便宜呢！又不用自己做，多省事儿，而且味道也不错。在那儿待到3点，我就来健身房啦，等到6点再回家。"

"家离这儿远吗？"

"大概一公里多。"

"那就可以走回去呢。"

"不行不行，这儿都是坡，走不动啦。坐个公交回去。"

"对哦，神户到处都是坡，不好走。那晚饭呢，自己做吗？"

"嗯嗯，一个人吃饭简单！我啊，最喜欢把东西拌在一起吃。你看，现在刚好是茄子的季节，我就把茄子煮一下，再放点味噌啊，酱油啊，拌起来特别好吃！一个人吃饭，想怎么做就怎么做，真是舒心啊……"

"是啊是啊，我也是！非常能理解！"

聊天的空当，我已经换好了运动服。本来还想聊些什么的，她似乎觉得耽误了我太多时间，于是抱歉地说："让你听我这么多废话，耽误你运动了吧？快去快去！"

一向争分夺秒的我今天却格外享受这个被耽误的时间，不过看她挺不好意思的，只能匆匆说句"下次见"就结束了对话，然后想起来连名字还不知道呢。不过也无所谓，日本这种寂寞的老年人很多，总想找人说说话。于是我想当然地以为她可能是一直没结婚。

后来，我们又在健身房偶遇过几次，见到都会熟悉地打个招呼，然后我就打趣地问她"今天走了多少米啊？早上吃的什么啊？"之类的问题。她就会格外有兴致地跟我一一汇报。最近一次遇到，她说她的朋友邀请她去中国旅游。我说好棒！她就为难地说，"可惜走不动啦！我老伴儿死了之后，我就一个人啦，一直没孩子，所以我朋友经常约我出去玩儿啊什么的，不过我都没怎么去，还是来健身房好。"

"所以您看起来才年轻啊！一定要这么健康地保持下去哦！"

说得她又害羞地开心起来，在我准备离开的时候，她半遮半掩地从衣柜里拿出她今天的衣服给我看，是一件大红色的上衣。"我今天穿了这个颜色呢……"说罢竟像个少女一样羞答答地低下了头，赶紧把衣服收回柜子里。

"颜色好可爱啊！跟您很搭！"

"哈哈，真的吗？"

"真的真的！要经常穿哦！"

她又害羞得笑了，不过看得出很欢喜。

那一瞬间的表情让我至今难忘，得是有多纯净的心，才能在78岁还笑得如此可爱。

后来有连续好几天，我都因为晚上有事情没能按时去健身房。终于昨天下班后去了一趟，刚好碰到她准备离开，照例打了招呼，看来今天聊不成了。

然而,她却把所有行李都放在一旁,慢悠悠地走到我旁边,从背包里拿出一封信递给我,"你有好几天没来呀!"

"是啊,有事情耽误了。"

"这封信是给你的,不知道什么时候可以碰上,我就一直装在包里。"

"啊?给我的吗?真是抱歉,不好意思,这么多天没来。"

"你这么一直抱歉,我反而不好意思啦!"

低头看看这封信,不仅被装在了塑封袋里,还贴上了可爱的封口,用心至极。当真受宠若惊的我开心地笑了,"好开心!真的!我回去好好看!"

"就是我的一点心意,没写什么……"又露出了她标志性的害羞微笑,也是我最喜欢的微笑。

回到家,我小心地打开信封,还在好奇她眼睛都看不清了,还能写字?一看,忍不住为自己的担心笑了,原来是打印出来的,想来一定是在电脑学校里找人教她的吧,真是学以致用呀!

高桑

谢谢你每一次的笑脸,给了我很大鼓励!以后多多关照哦!

吉田英子

这一次,我才知道她叫吉田英子。真是可爱的吉田奶奶!本以为只是出于寂寞才找我闲聊,没想到能成为她心里很珍视的一段相遇。会很认真地做明信片,用心地包装,还会一直放在包里,只为

与我不期而遇。

想来，也许正是这种珍惜和细腻，这种切切实实的"一期一会"，才让她始终心灵澄澈，在78岁依然笑得像个少女。

3 老去，也是一件很美好的事情

八月份回国的时候，我特意带了一盒广州酒家的沙琪玛点心，想让喜欢吃甜食的吉田奶奶尝尝鲜。比起甜腻的日式和果子，我觉得沙琪玛毫不逊色。但中间已经有将近一个月没有在健身房碰到过了，总因为这样那样的事情没办法一下班就直奔健身房，所以每次我去的时候，奶奶早已离开。只能早上出门就带上点心，凭运气看能不能顺利送出。

果不其然，当我以最快速度赶到时，奶奶刚好在收拾东西准备走呢。时隔很久没见，当我跟她笑着打招呼时，她先是愣了一下，然后惊喜地"哎呀呀"一声，说："好久不见呀，你是不是很忙啊？"然后我们聊了下近况，我顺便告诉她我之前回了趟国，这次给她拿了盒中国的点心。

她意外极了，还挺不好意思的，但最后还是开心地收下。然后，她让我等一下，说也有东西给我，从背包的最外面那一层拿出一个小袋子，又从里面拿出个崭新的小本子，递给我，"这是我在电脑教室让她们帮我做的'手账'，有点土气，不过挺好用的，我给你也做了一本……"

我第一反应不是在意她给了我什么，而是感动于她完全不知道哪一天可以遇到我，所以就把要给我的东西一直放在包里，每天来健身房都带着，期待着哪天与我遇到的时候转交给我。而中间我们至少有一个月没有碰面，难怪刚才认出我的时候惊喜得两眼放光呢，一定是等待这一刻很久了吧……

而若不是我有东西想要给她，也不会特意配合她的时间一下班就过来了。虽然日本有那么多精美的手账，虽然我从来不用手账，虽然这个本子确实很朴素，可是一想到她如此用心地送给我，莫名地有些感动。

又过了两三周，因为在办公室里积累了很多点心（国际交流课的一大特点就是有世界各国奇奇怪怪的点心小吃，大多数都是巧克力），我便用一个小袋子装起来，打算今天也一下班就去健身房，这样就可以转交给奶奶。

嗯，果然又被我算中。

我开心地给她，她开心地收下。然后又例行从包里拿出要给我的东西，感觉她的包就像哆啦A梦的百宝箱一样，随时都有给我的东西。这次是一个信封，她说是一封信，还说谢谢我上次给她的东西，很好吃。虽然我当时其实已经忘记之前送了她什么……

因为每次都会聊起她回去给自己做什么晚饭的话题，她好像突然想起什么似的，有些兴奋地跟我说，"对了对了，你爱不爱吃味噌呀？我最近自己做了味噌酱，蘸黄瓜或拌沙拉挺好吃的，不过不知道什么时候遇到你，也没法给你带……"

听出她语气中的期待，于是想了想告诉她，"今天星期二，我这周五也可以一下班就来，星期五也能见面！"

一瞬间，她的表情好像等到了周末要回家吃饭的孩子的电话，开心地说，"太好了！我周五给你带过来！"虽然我对味噌也不是很感冒，但实在不愿辜负老人的一番心意。

回到家，我在台灯下打开了可爱的信封，那种感觉好像以前初中时和闺蜜交换心情记录一样，掺杂着兴奋与期待。里面像百宝箱一样装了各种小玩意儿。有一个手机链，还用小纸条写着是她在

你只有看看得多，才活得更温柔

百元店买的材料自己做的；还有三个衣服形状的折纸，里面装着牙签和另外一张明信片。在感慨她的字挺好看的时候，随手翻看了背面。

看到熟悉的广州酒家的牌子"利口福"时，我先是一愣，然后终于想起，原来我送过她利口福的沙琪玛啊！

没想到她竟然用荧光笔依着包装盒的样子画了出来，连"利口福"三个字也细心地写了进去，甚至还在字上撒了金粉，配合着旁边的蝴蝶结贴纸，简直像个爱打扮的小姑娘一样处处都充满了少女心，以及处处不忘说"点心很好吃，谢谢你"……

我带过那么多东西给不同的日本人，多到我连自己送给她什么都想不起来，却只有她如此细腻地记在心里，次次用最朴素却又最动人的方式告诉我她有多开心。

周五转眼就到，我如约和奶奶见面了。

接过她用冰袋和保鲜盒仔细封装的味噌酱，我拿出这两天分到的点心，打趣地说，"来，我们交换礼物！"她意外地笑了笑，说，"哎呀，你总是送我这么多好吃的，多不好意思啊……"我回道，"彼此彼此，您也送了我很多东西啊！"

然后我好奇地和她确认明信片上的字画是不是出于她本人之手，她还挺不好意思地说，"真是难为情，我这么大年纪了还总喜欢这些可爱的东西，你看我这件上衣也是，我今天犹豫很久要不要穿出来呢……"仔细一看，果然很可爱，大红色的上衣，还点缀着各种水果图案，却意外地和她白皙的皮肤搭配，毫无违和感。于是自然要夸赞两句，"很合适啊！好看好看！"她便又笑得像个单纯的小孩子。

回到家吃健身餐，当天的沙拉用了她给我的味噌酱，刚入口便

被这味道俘虏了……我像发现新大陆一样,原来之前一直被超市货欺骗!心想下次一定要问她要做法,这样以后回国了也能自己做出怀念的日本味道。

谁知道正准备扔掉的塑料袋里还有东西。打开一看,原来她已经贴心地准备好配方和她从不忘记的小纸条!除了她反复说的那句"遇到高桑很幸福"之外,这次她还用了一位日本昭和时代的歌星美空云雀的歌词,"人生って嬉しい者ですね"(意为"人生真是美妙啊!")。

一句如此普通的话,从她的笔端流淌出来,我竟然鼻子一酸。一个独身的老人内心该是多么强大而富足,才能在经历了人生起伏和世事沧桑后,笑着对一个萍水相逢的年轻人说出这句简单而深奥的话……

她让我第一次觉得老去也是一件可爱的事情,甚至让我第一次理解了老年人的心,让我知道一个不经意的举动可以给他们带来多大的满足。

9 职场女性不容易

美莎子辞职了。

那个一边上班,一边带娃,还在读夜间大学,说着一口京都话的美莎子,上周辞职了。

辞职前,她将近两周没来上班,我发短信问她,才知道是得了急性肠胃炎。我大概是办公室里唯一私下关心她的人,她也感动得直呼中国人最好。

生病前的几个月,她每周都有请假,有时一天,有时两天。原本她每周只上四天班,每周二休假,但后来,大家已经搞不清楚哪天是她的工作日,着实造成了不少困扰。

去年4月入职以来,她一直有多重身份,上班族、单亲妈妈、大学生,以及家里长女。在不同角色间转换的她,每个出勤日都保持着满满活力,还主动抛出有趣话题,给沉闷的职场(至少是我们这个桌子的职场),注入了不少笑声。

她在澳大利亚待了8年,一起外出活动休息时,她会给我和韩国交流员分享最近的单相思对象,激动地翻出对方Facebook里的照片,开心地回忆前两天见面的场景,一脸花痴模样地说"今天你们让美莎子干什么她都会点头哦,找她借钱也乐意",那幅画面,至今想起来仿佛都能看到漫天的粉色桃心在飞舞。

然而,这么拼,这么可爱,面对的现实却很残酷。

办公室的女员工里,算上她只有两个人有孩子,其他人不是不生,是不敢生。非正式公务员没有正式产假,生孩子几乎意味着失业；有三年产假的正式公务员们也没人敢休满三年，否则再回职场，早就换了几批人。

而美莎子带着孩子，各方面情况都比较复杂。她经常是刚下班，就带着幼儿园刚放学的女儿直奔大学课堂。可惜，没有谁能真心理解其中的不容易。

事情多，时间有限，美莎子的工作难免偶出状况。她入职时间短，做的又是全新领域，但这些都不能成为借口。日本职场非常强调"自我责任"这个原则，工作要"不给别人添麻烦"。同为日本人，她不会因为其他身份被宽容，偶有差错虽然没人会当场指责，但可能被记在了心里。

日本职场的另一个特点是冗长的手续流程。比如每一份文件都需要好几个人盖章，有一个人没盖，就会影响到下一个人。这样虽然保证了工作流程上的公开透明，却也严重拖慢了工作效率。美莎子每次请假回来，桌子上都会摞一堆整整齐齐的文件等着她一一盖章。

因为这些缘故，她的休假会让其他人默不作声地感到不爽。

此外，她的工作性质很特殊，同样是合同工，但工资按时薪结，合同以一年为周期，工资也日日更新。有一天，她突然发现"日日更新"的"大坑"，无奈地自我调侃，"说不定今晚下班的时候，课长就会跟我说，你明天不用来了。如此合情合理，我都不能反抗……"

表面上，她坐在令人艳羡的县厅办公室，实则拿的是不如夜间便利店店员的工资。即便如此，这份工作也是她几经面试后通过层层选拔而得来的。

因此，我不清楚是哪个节点让她下定决心中止了这份工作。来办离职手续的时候,大家礼节性地和她道别,一句再见之后,可能此生都不再相遇,亲切的课长私下里对她说了一句,"希望日本的职场可以更善待女性,毕竟我女儿也在机场上班啊……"

日本的职场从不缺少美莎子这样的身影。

每天早上六七点的电车和地铁车厢里挤满了职业女性,她们画着精致的妆容,穿戴职业,但表情冷漠。偶尔踏入女性专用车厢,还能看到匆匆在车上补妆的场景。

装扮细腻的姑娘,一点儿也不娇气,人人都可以踩着高跟鞋搬桌子、抬箱子,一旁的男性很少会说"别动别动,这些事情我们男人做就好"。体力活面前,男女平等表现得淋漓尽致。

偶尔和有孩子的日本女性聚餐,一到九点就有人匆忙退席,说孩子还放在婆婆家,再不去接,婆婆要不开心了。在日本,老人没有帮忙带孩子的习惯,孩子放学时妈妈还没下班而产生的"待机儿童"[①]现象,如今成了日本最严重的社会问题之一,因为托儿所的数量有严重缺口。

即便是经济独立、事业干练的职场女性,也无法扭转日本普遍存在的大男子主义的事实。男人们在家鲜少主动做家务,结了婚的女白领,不仅要做好工作,也会被要求照顾好家里,和中国的情况没有区别。难怪不少日本女生宁愿做全职太太,也不要做辛苦的职场女性。

每次在路上看到怀里抱着一个小宝宝,手上牵着两个大孩子的妈妈,或者是妈妈骑着自行车,前面筐里坐一个孩子,后面载着一个甚至两个孩子的画面,我都不禁生出一股敬意,为妈妈那依然精

---

① 待机儿童,指在日本需要进入保育所的孩子,因为设施和人手不足,在家排队等待保育所空位。

致的脸庞和毫不走形的打扮，更为她们的坚强。她们可能是全职家庭主妇，也可能是打零工的妈妈。

不过，办公室里还是离不开美莎子这样的角色。仅仅一周后，新员工便坐在了我的斜对面，这次是未婚的单身女性。

而美莎子也对这个曾经努力工作过的地方鲜少留恋。她提醒我，落在衣柜里的西装，下一次聚餐时帮她捎上。

19 老平，好久不见

因为一年一度的人事大变动，办公室里发生了天翻地覆的"去留"之事。

最让大家关注的，是副课长的变动。现任班长升为副课长，原先的副课长保留职务一个月，待他复工后决定去留。

原先的副课长，是老平。

老平其实没那么老，他刚过五十，比我爸还年轻几岁，但他的微信名字起作"老平"。

他姓"平泽"，之前在兵库县驻北京事务所工作过两年，对原本就喜欢的中国产生了更大的热爱。他中文说得溜，还深谙中国文化，对此从自嘲的名字"老平"可窥一二。更厉害的是，每次和别人说起他的姓氏，他都这样解释，"平"是邓小平的平，"泽"是毛泽东的泽，还要配上他经典的公子哥儿的得意表情，不自知此举可能引得周围一众人翻白眼。

但他对中国的爱，发自真心。

赴任北京前，他已经去中国旅游过很多次，踏足的省份远在我这个中国人之上，对中国的地大物博也了解颇深。当知道我的祖籍是河南信阳时，他立即想到了"信阳毛尖"，还说他之前为了喝茶专程去过信阳，我佩服连连。去北京工作后，他对中国的了解更深入了，春天去洛阳看牡丹，春节去广州看花市，还会熟练用支付宝购物，也常常用中文图文并茂地更新朋友圈。

这一切都源自他对中文的学习热情。在北京，他请中文老师一对一上课，加上他本就外向的性格，从不怕说错，于是连北京的儿化音都运用自如，回日本后，他继续自费来中文教室，偶尔来我的中文角装一把优等生。有一次，我和他北京事务所的同事一起吃饭，对方不太会说中文，还被他鄙夷了一番，说不懂中文怎么能好好享受在中国的生活。

爱中国少不了爱中国美食，老平尤甚。他爱吃也会吃，对日本人心存顾忌的皮蛋和凤爪来者不拒，还知道广州最经典的甜点是杨枝甘露。美酒更是他的大爱，酒量也好过普通日本大叔不止一点点。有次回广州，我拿了几瓶50毫升的五粮液带回来，给身边几个好酒之人送上，其中一瓶给了老平，他第一反应便是，"哎呀，这是好酒，好怀念好怀念……"

也许是对中国感情深厚，我到任的第一天中午，他请我吃了午饭，也很喜欢和我聊起和中国有关的一切。

但这个偶尔在办公室里和我说中文的上司，已经有四个多月没来上班了。起初课长说老平生病了，请了一段时间病假；后来，我们申请报销交通费的最后一个审批人也从副课长变更为课长；再后来，大家已经习惯副课长的办公桌一直是空着的了。

至今，大概只有课长知道老平的身体状况究竟如何，我身边的同事大多不清楚，也从没有人在办公室问起这个话题，不知道大家是真的不关心还是事关隐私不方便问。但唯一能肯定的，就是老平的病情颇为严重。

有时候抬头望望办公室，我还能想起他习惯性的动作。每次来我们组有事情商量时，就顺手拉过旁边的板凳，双手在胸前一交叉，开始打开段子手的话匣子，颇有北京大爷唠家常的感觉；想起他在活动会场指挥的气势，紧急时刻连搬凳子、递话筒之类的事也亲历亲为；

想起他每周四不能来中文角的时候，会用中文跟我请假，"高老师，我今天要加班，所以不能去上课，非常抱歉。"其他人都觉得他中文很牛。

我心里一直盼着至少在我走之前他能回来上班，但随着人事的敲定，大家就开始移动办公桌。老平的桌子仍保留着，但旁边多加了一张新任副课长的桌子。

但大家在说起老平的时候，已经悄然改了称呼，不再是"平泽副课长"，而是"平泽桑"，我的内心不免一阵感慨。看来，人走茶凉这事儿不分国籍。

走之前，终究是见不到他了。虽然以后不再是我的副课长，但可以在微信里喊他"老平"了。

好久不见，愿你一切都好。

友好交流，
任重道远

1 谢谢你们喜欢中国

通常每次做活动我都担任老师,只有一次很特殊,是当游客,参与"初級中国語で案内する明石"(用初级中文带您游览明石)的活动。

明石是兵库县南部的海滨小城,离神户很近,电车十几分钟就能到。不少人在神户上班,但老家是明石,或安家在这里。

面朝濑户内海,明石风景秀丽,空气都比神户好出一个档次。县民骄傲之一的明石海峡大桥就在这里,过了桥直通淡路岛。靠海

明石海峡大桥全长 3911 米,号称世界上跨距最大的桥梁及悬索桥

的优势使得海鲜自然肥美，其中，还属章鱼最美味。

在神户经常遇到明石人，提起家乡都是一脸自豪。不过，"家乡美"这种事，自己看怎么都好，关键是别人也得说好。

这两年日本自由行流行起来，大家也不再满足于在大城市购物，一些小地方也渐渐出现了中国游客的身影，包括神户旁边的明石。所以，才有了这个活动。

我的工作是扮演游客，配合志愿者导游一起游览明石市。形式为在室内的虚拟游览，把景点图片粘在黑板上，大家用中文给我介绍。我要做的，就是看他们有没有讲清楚，提出游客问题，让他们提供解答。

通过排练，志愿者们可以发现问题与不足，从而提高导游水平，更好地和中国游客沟通。

活动相当严肃认真，半个月前大家开始踩点，写讲解稿，翻译成中文，请中文老师修改，再回家练习。一个志愿者性质的活动，生生操办得像演讲比赛。即便如此，也要经过筛选才能"上岗"。最后有8个日本人进入最后环节，考虑到明石的规模，能有8个中文好到做导游的日本人，也是很努力了。参加者年龄从三十多岁到六十多岁，除了一位大爷，其他都是女性，多是家庭主妇。

我因公或因私来过明石几次，但只去过海峡大桥，志愿者介绍的景点，我都是第一次听说。从他们的介绍中，我才知道这里有好吃好玩的鱼棚商业街[①]，纪念柿本人麻吕[②]的柿本神社，松尾芭蕉的纪念碑，夏目漱石题字的月照寺。之前还真低估了这座小城的魅力。

---

① 鱼棚商业街，据说是约400年前与明石城同时诞生的海鲜市场。
② 日本飞鸟时代的著名歌人，作品多收录于《万叶集》，被后世称为"歌圣"。

我手上有大家的演讲稿，但刻意没看，也听明白了他们"一生悬命"（非常努力）的介绍。只是有些内容，我推测中国游客不那么感兴趣，就在提问环节做了补充，连连抛出中国人爱问的"怎么去？""要不要门票？""好玩吗？""有意思吗？""有没有推荐的餐厅啊？"之类很实用的问题，众人齐力给予了解答。一下午的时间，每个人说一个景点，我似乎实地游览了一圈明石。

我很好奇他们为何中文说得这么好，于是在休息时间和他们聊起来，发现大多数人有过在中国生活的经验，或者在日本有中国朋友，对中国有非一般的好感。志愿者导游是公益属性，若不是真爱，哪有动力被主办方如此折腾一番才能上岗。

有一位日本姑娘，10年前在无锡工作过，中文讲得特别流畅。她略带遗憾地跟我说，"中国多好啊！可惜现在的日本人都不知道……"

我挺懂她的无奈。做交流员的工作以来，每次讲座上普及国内习以为常的事情时，才发现日本人对中国的误会有多么深，他们以为我们还在骑自行车，以为我们治安很乱，以为我们生活得很糟糕。

日本每年都做一次中日两国好感度调查，中国人对日本好感度在逐渐提升，但日本人对中国的好感度却持续下降，堪比熊市走低。尤其是年轻一代，因为没赶上父辈那样的好时代，有能力攒点钱出国旅游时也多选择崇拜的欧美国家，很少选择来中国，也就没有机会真正了解；反过来，近年赴日旅游的中国游客逐年增多，大家亲身感受到日本的整洁守序和高度发达，来了还想再来。

但能够出国旅游的毕竟是少数派，没有机会去对方国家的人，只能依靠单一的媒体渠道了解彼此，误解和片面认知在所难免。

前两年，日本媒体报道过上海一对夫妻在首都机场闹事的新闻，标题为"北京空港で乗り遅れた乗客夫婦が半狂乱になり滑走路進入"（北京机场夫妻乘客误机，疯狂闯入跑道）。其实这类事情在国内也会被指责，当事人也受到了惩罚，但日本人看到标题很容易下定论，"中国人果然……"原本不好的印象只能更差。

这种大环境下，选择不相信媒体的失真报道，而相信自己判断的日本人，实属可贵。也正因为他们了解真正的中国，才希望力所能及地给中国人提供便利，让他们接触真实的日本人，让他们感受到在日本也有很多人喜欢中国。

正如我们不可能让所有人喜欢自己，我们也无法让所有人爱上中国。所以我很感激那些喜欢我的人，同样的，也感激喜欢中国的他们。

2 日语里，我最喜欢的一句话

来过日本的人，都能快速学会一句"すみません"（不好意思）。这句万金油般的寒暄语，既可以在麻烦别人时当作敲门砖来用，也可以在给别人造成不便时表达歉意。日本人的礼仪规范里，不给别人添麻烦是常识，所以无论麻烦没麻烦，先来句"すみません"绝不会出错。一天下来，自己说的，加上别人说的，可能有百遍以上。

其他如"ありがとう"（谢谢）、"さようなら"（再见）、"おはよう"（早上好）等寒暄语，都是大家很熟悉的常用语。此外，还有一句日本人常挂嘴边的寒暄语，只是有些拗口，所以不容易学会。

走在夜晚的日本街头，经常见到这样的场景：在居酒屋或餐厅门口，一群日本人准备散伙，互相道别，彼此间不停地相互鞠躬，还念念有词。用心听，会发现他们说的是同一句话，那就是"お疲れ様でした！"，或者更简短的"お疲れ！"，意思是"您辛苦啦"或者"辛苦辛苦"。彼此来回复读几遍，才能最终散伙。

倒不是指吃饭辛苦，而是工作一天的辛苦。不论在办公室坐着，还是在外奔波，总之当完成了一天的工作，就可以说出这句话。

办公室里这句话用得更多，比"不好意思"的频率还高。

就像打电话有惯用语"いつもお世話になっております"（多谢您平时的关照），每天早上到办公室有惯用打招呼的"早上好"一样，每天下班时，准备走的人一定会说一句"お先に失礼しま

す"（我先走啦），而不会默默离开，这时还没走的人就会回应"您辛苦啦"。这种场景和用语非常有代表性，在任何一个日本职场都能见到，不分职业，不分地域。

即便不累，即便一天下来效率很差，只要是下班，就都能收到这么一句话。说的人不一定出自真心，不过是流水线上的一环。不过，照本宣科地说一句"您辛苦啦"，并不是我喜欢的方式。

比起下班的无感情对白，有时开完高效会议，或者做完很累的活动，大家互相配合收拾完毕，彼此间互道一声"您辛苦啦"才更显得温暖。

这句话的可爱之处在于，不论级别高低，上司和下属之间也可以相互说，很有平等感。

同事间的"您辛苦啦"说得更多，可以对风尘仆仆研修回来的桥下说，对出去办事的浅田说，对收拾垃圾的小蓝说，对做了会议翻译的闵桑说。同事做了任何一件工作，无论大小，都不妨送上这句暖心的话。

这句话最出彩的地方还不是这里，而是对任何一个努力工作的人都很适用，哪怕你不认识他。

每天上午九点多，办公楼的保洁阿姨都会打扫我们那一层的卫生间。遇上刮风下雨天，进办公室前的我总是要去卫生间整理一番被刮得七歪八倒的发型，经常碰到阿姨。她不在意我们进进出出，经常默默地半跪在地上擦来擦去。每当这时，我都会脱口而出那句"您辛苦啦"，于是她回过头看看我，微微一笑，也回我一句同样的话，而我那天还没开始工作，也没开始辛苦。

有一天，办公楼外的水管坏了，又赶上风雨交加的天气，两个大叔浑身淋得湿透正在修理，我刚好路过，便对他们大声说了句

"您辛苦啦",以免声音被风雨湮没。他们也回过头,点头示意,表示感谢。这么恶劣的天气下,能有人注意到自己的辛劳,哪怕只是一句日常寒暄,也一定会更有干劲吧。我相信对他们说这句话的,一定不止我一个人。

更妙的是,即便不是工作场合也照用无妨,比如说健身房。

我每次去,前台有时候说"晚上好",有时候会用"您辛苦啦"打招呼,好像是对工作日的慰问;离开时也会收到这句话,鼓励我在健身房所做的努力。

健身课结束时,教练也会对大家说这句话,学员之间也会这么说。健身房里,不论大家认不认识,比起说"你好"或"晚上好","您辛苦啦"是更合适的问候。以至于自己想偷懒的时候,会逼自己一把,努力去挥洒汗水,否则都对不起这句话。

至于其他场合,比如下机场大巴时对司机说,对修理复印机的小哥说,对便利店里工作到深夜的店员说,对刚参加完某个考试的朋友说……这句话就像日剧《深夜食堂》里的鸡蛋三明治,无比暖心。在自己以为做不做都没人看到,或者正准备泄气的时候,冷不防被这么一说,就像被狠狠推了一把,有力量继续和生活死磕。

每周四上完中文角,我的高龄学生们也会这么对我说。那一刻很有成就感,觉得准备工作没有白做,也会更有激情地准备下一次。

"您辛苦啦",是深夜的末班车,是温暖的万家灯火,也是饥饿时的那碗拉面。

哪怕没有人对你说,也能自己对自己说一声:"辛苦啦!"

3 沉默的大多数

浅田小姐跟我说过一件趣事,是她在通勤电车上经历的。

某天早上她上班路上,本来在一节正常的安静车厢里,突然,有个大叔打了个巨响的喷嚏,随着惊天一声响,一不明物体在空中画出一道弧线,应声落地。

众人先是好奇,定睛一看,原来是大叔的假牙!被喷出来后,落在了对面乘客的脚边。整个车厢的乘客都看到了如此喜感的一幕,我们的浅田小姐当然也没错过。然后,大叔窘迫地捡起假牙,默默收拾起来……

浅田小姐给我转述的时候要笑翻了,她说还是第一次遇到这样的事情。在车厢里看到是假牙的那一刻,她心里爆笑不止,无奈其他人都装作什么没看到,该看书看书,该打盹儿的继续闭上眼睛,空气里只有尴尬的沉默。笑点很低的浅田小姐原话是"拼命地忍耐着",才没有笑出来,直到跟我复述时想起那一幕,才终于无所顾忌地放声大笑,得以满足。

每每这种时刻,我都无限感慨,"你果然适合学中文呀!"要是有日本人当场笑出来,或是稍微多看两眼,都不符合日本人作风。

沉默,才是他们的典型反应。

我在家门口的车站,经常遇到一位穿高跟鞋的异装癖中年男子,他背着单肩包,包上挂满了玩偶,和我们一起排队等车时,没有人侧目多看一眼,更不会有人指指点点。

办公室里有同事要跟领导去国外参加外交事宜,本人的兴奋劲儿快要横穿办公室弥漫到我面前了,其他同事也不会多问一句。

参加小朋友的暑期活动,全程有个5岁的男孩大吵大闹,一直黏在妈妈身上,哭闹声几乎盖过了工作人员的说话声。但妈妈很溺爱孩子,没有说教,其他人也难以表达不满,活动在一种乱糟糟的氛围中结束。

其实,上述三种场景里,日本人表面沉默,但都上演着不同的内心戏。

第一幕里,虽然异装癖在日本见怪不怪了,但在现实中见到这样的人,大家心里还是会很在意,但就算再觉得怪异,脸上仍会保持淡定,不想表现出大惊小怪。

第二幕里,所有感受到其喜悦的同事,都可能在心里翻了白眼,"不就是跟领导出个差嘛,至于嘛……"但表面装作什么都没发生。

第三幕里,妈妈们的内心戏复杂到快要拍成日剧了……事实上,活动结束后,一起做活动的日本同事的确有人这么抱怨了几句。

我在神户的时候,每周末去蓝带学校上烘焙课,和三位日本女性同班,跟着法国老师学习。可一来日语毕竟不是我的母语,交流起来反应会慢一些,二来我也不惧怕提出不懂的问题,所以和其他同学的沉默相比,我在课堂上显得很活跃。过了段时间,大家彼此熟络了,日本同学会开玩笑说,"高桑好积极哦。"我便瞬间能听出来这是在"暗示"我比较出风头吧,但其实和法国老师单独聊天时,他却吐槽:"日本人上课太沉闷了,说什么都没反应,还是像你这样比较好。"听完我才安心好多。

而之所以沉默,出发点自然是尊重他人。掉假牙的大叔也好,异装癖也好,尽管画面搞笑,但流露出一丝丝的嘲讽,都会给对方造成窘迫,甚至是心理压力,万一人家因为你无意的关注而想不开,事态就严重了。本质上,这依然是日本人"不给别人添麻烦"的心理所致。公共场合里,只要跟自己没什么关系,日本人都不会表现出多余的关注,这也是为什么日本很少有围观看热闹的场景。想来,我爸这种爱凑热闹的大叔,在日本一定觉得落寞无比。

曾经在电视上看过一个节目,讲的是如何在学校唤起大家的关心,让被欺负的同学不再成为沉默的牺牲品。学生的回答多是"虽然觉得很可怜,但也不想帮他说话,因为和我没太大关系……"

老师们想方设法引出学生的同情心,让他们假设自己是被欺负者,一番设身处地,才把选择沉默的比例稍微降低一些。

从学生时代起,日本人就习惯了沉默的空气。无论是不公平的场景,还是窘迫的画面,抑或是搞笑的一幕,都尽量不表露自己的情绪,如此,才是懂规则的表现,才是会"读空气"。难怪,日本所到之处都很安静。因为有着沉默的大多数嘛。

但沉默不等于冷漠。如果上前问路或是需要帮助,和日本人产生了连接,他们就会热情到判若两人,甚至会带你去目的地,就算打电话问熟人也要帮你问好路,虽然前一刻还沉默得有些高冷。

呵,这帮表里不一的日本人啊!

4 空气与KY

进入冬季后,国内的雾霾又上了日本新闻头条,照片里一片灰蒙蒙的样子跟窗外神户的蓝天形成了有些残酷的反差。

国内朋友来日本旅游时,大多一落地东京,就觉得像是换了星球,贪婪地呼吸着通透的空气,眼睛也像加了滤镜,一眼望到地平线。可日本乡下的大叔大妈,不想让孩子离开家乡的时候都会说"东京有什么好的啊!人又多,空气又糟糕!"。开始我也不理解,后来多次"下乡"后,才知道他们并没有夸张。

更让人惊讶的是,日本老头儿在这件事上操的心比雾霾本身还要多。在办公室接过一个点名找中国交流员的电话,问我北京的空气为什么这么糟。真是不辜负日本政府努力培养的"国际视野"。

不过我们说的"空气",在日语里不写作"空气",而是"大气"。日本新闻里常见的"大气污染",就是指空气污染。日语也有"空気"一词,却是完全不同的意思,而且是一种可意会不可言传的表达。

如果一定要定义,维基百科上对"空気"的解释是"在场的气氛,或者当时那个场合的氛围"。"空気"常和动词"読む"(意为"读")搭配使用,"空気を読む"就是"读空气"的意思,即我们说的"有眼色""会察言观色"。不会"读空气",就会说"空気が読めない",即"没有眼色""不会察言观色"。为了表达简洁,年轻人直接取这两个词的罗马音首字母,即"空気"的"K"和"読めない"的"Y",组成"KY"。没想到这个词一用即火,还荣登了2007年的流行词大赏。如今，已变成日常使用。

虽是流行语，但不能乱用。在日本，如果说某人KY，算是恶评了，比"土气""低端""天然呆"严重多了。万一不幸被人说成KY，就得迅速反省自己的言行，否则很可能成为被冷暴力的对象。从读书时代到进入职场，日本人会常常讨论谁是KY，并在背后冷嘲热讽。也有电视节目邀请嘉宾来讨论哪些言行容易成为"KY"，给观众奉上"避免成为KY指南"。

比如，一群女生都在讨论迪士尼有多可爱、多好玩，一年去十几次都去不够，要是能在迪士尼被求婚该有多浪漫的时候，正常的接话应该是"是啊，我也好喜欢迪士尼！""你上个月去了呀？好棒！"，而如果你很诚实地说了句，"迪士尼都是给小孩子玩的啦！"脑门上马上会被刻上大大的KY。

再比如，临近年底，大家都在办公室忙得不可开交，某同事罕见地请假，其他人以为他家里出了什么事，关心地一问，答曰："年底嘛，要大扫除，怕过年那几天收拾不完……"周围便会一片安静，弥漫着KY的味道。

还有一个例子。办公室有位大姐热衷普及"心灵鸡汤"，最喜欢和年轻姑娘谈"幸福是如何培养的"这种话题。有天她拿来一本最新读物，书名好像是《幸福修成100术》。她正讲得眉飞色舞时，一位男上司严肃认真地反驳道，"你现在不幸福吗？你真的以为读了这本书就能幸福吗？你真的……"他一脸认真的样子，让周围配合演戏的同事们都无法撑下去。心灵鸡汤而已，何必如此KY？

此类场景几乎每天都在上演。某些场合的KY，也的确是情商不高的体现。毕竟有些人，是真的不会说话。可是日本还有些KY却让人感到莫名其妙。

在此举一个真实案例。某单位的英文交流员做翻译校对，每次都很仔细地提出修改意见，但负责翻译的日本同事自诩名牌大学英语专业出身，不能接受自己的作品被批注一堆。终于有一次，她说了这位交流员，"〇〇桑，你知道KY这个词吗？我觉得你有时候有些KY……"日本人一向比较能忍，这是忍到多大内伤，才把话说到这份上，而那位交流员完全不知道自己做错了什么。其实，这种情况下，日本人希望对方走个过场就好，而不是被人指出她的英文还不够地道。

我还看过一个日本小学生自杀事件的追踪报道。起因是小朋友们在LINE的群里说某个新表情很可爱，而有个女孩子弱弱说了句"还好吧，我觉得没有那么可爱啦！"，结果群里没有人回话，于是小女孩被默认为KY，这种评价继而延伸到现实里，她慢慢变成了被疏远的对象，一步步被冷暴力，最终酿成了惨剧。

不过也有有趣的KY事件。某次聚餐上，日本同事问外国同事，"你来日本最喜欢吃什么啊？"这种空气里，日本人期待的回答多为"寿司""生鱼片""天妇罗"，再不济也得是"章鱼烧"，总之起码得是日本料理的一种吧。结果，天然呆的外国姑娘俏皮地说，"就是咱单位对面那家韩国拌饭！那个汤真好喝啊！"如此超出预期范围的回答，显然扰乱了现场空气。还好面对的是外国人，日本人只能自己救场，说了句"这样啊……"，其实心里已经受到不少伤害，并标记对方是KY了。

其实，成为KY很简单，就是在某个场合说了和大家不一样的话，破坏了现场的一团和气，无论那句话是否有伤大雅。

坦白讲，有些KY事件放在其他国家绝不至于有多严重，非原则问题上，谁还不能说句真心话，可在日本，这有点难。日本的"空气",是一种无形又强大的力量,迫使每个人呼吸着同样的空气,做出一致的言行,才能"从众无惧"。

想来,到底是真实的雾霾更可怕,还是心灵的雾霾更可怕?只能祈祷,我们能拥有自然与心灵的双重蓝天。

5 日本人真的吃得好？

日本人长寿这件事在全世界都很出名。但只要在日本居住一段时间就会发现，他们吃蔬菜水果很少，而且睡眠时间短，精神压力大，工作时间长，每一条都不符合我们的养生观念。当这些事实前后矛盾时，他们依然保持长寿的功劳就被归于清淡和营养全面的日本饮食。

日本餐厅常见的"定食"

比如中午吃的日式套餐，一个餐盘端上来，碗碟摆了不少，但每一个里面分量都不多，种类倒是挺多，其中有荤有素，蔬菜以腌渍或凉拌为主，颜色也养眼。这种没有油水的午餐虽然价格不贵，一般在800日元左右，但硬伤是不顶饱。即便我的饭量不算大，下午也经常饿到想找零食。

为了能吃饱，男士们愿意花同样的价钱选择"唐揚げ"（炸鸡块）这种油炸肉食，或者"拉面、米饭、煎饺"的组合（日式拉面连锁店都有这种菜单），简直就是吃货和碳水爱好者的福音。

如果不吃套餐的话，还有另一种选择，那就是日本人的"大众情人"——便利店。

听过一个说法，"日本的结婚难问题，是因为便利店太多、太方便"。这也并不夸张，日本的便利店确实方便，可以解决几乎所有生活问题，包括最重要的吃饭问题。

午休时，常会看到同事在便利店买泡面或者便当，用办公室的微波炉加热，冷食的话有三明治加果汁，或者就几个饭团对付一口。有一次出差，我和同事要在外一天，事前他告诉我中午会管饭，我对日本所谓的"管饭"有充分思想准备，便做好了吃冷便当的思想准备。早上和对方汇合后，他温馨地提醒我说，"我们去7-11买午饭吧？当然，我来付钱。"他长得胖嘟嘟的，一笑起来像弥勒佛，我也只好气在心里了。看来，日本人是真心把便利店当作正经饭堂的。

在便利店买饭，我只拿三明治，因为被其中的面食和饭食深深伤害过。在餐厅吃饭总觉得味道太淡，结果发现日本的盐大概都撒到了便利店的饭盒里。而这些既不新鲜也不美味的便利店食物，还被日本人做出了排行榜。每次看到这种所谓的美食榜单，都深深为日本人的味蕾默哀。

每家便利店都有自己的特色食物，曾经荣登7-11第一名的是蔬

便当图

菜面,理由是"价格实惠,又能吃到很多蔬菜!""很健康啊!",身为中国人的我听到后简直想掐腰仰天大笑。

即便如此,便利店食品依然保持着高人气,是因为真的太便利了。日本社会的节奏争分夺秒,吃饭也要快速解决,以便有更多时间"看起来很忙"。随着单身比例越来越高,便利店也变得越来越受欢迎,二者之间似乎形成了一种正相关关系。一同相关的,是越来越离不开的微波炉。

走进日本的超市,会被大面积的冷冻食品货架震撼。从常见的饺子、比萨,到半加工食品,以及匪夷所思的冷冻炒菜。它们价格低,操作简单,在微波炉里"叮"一下就能享用。欧美家庭的标配是烤箱,而日本家庭的标配是微波炉,它们似乎都是专为冷冻食品而发明。甚至都不用回家"叮",超市都有免费的加热服务。

高人气节目《松子不知道的世界》[①]曾做过一期冷冻食品专辑,选出了最受欢迎排行榜,前十名上榜食物充斥各种烩饭和面食,可

---

① 日本TBS电视台制作的一档娱乐节目,由日本高人气艺人松子主持,每期介绍一样事物。

见抗饿很重要。

日本料理一向以精致美味著称,但很多人并不知道那其实不是日本人的日常饮食。

游客们漂洋过海来日本,向往着精致的怀石料理、严谨的匠人精神,以及新鲜的食材;而生活在岛国的日本人,却在便利店里匆忙地消化着快餐和冷冻食品。

不过,日本人吃得好不好,还得他们自己说了算。只是长寿这事儿,不全归功于饮食清淡,发达又充足的医疗资源才是关键。

6 日本人与铁道

今早上班的时候，又在茶水间看到了同科室土井班长拿来的一袋蔬菜，上面写着"土井菜园自种新鲜蔬菜，大家随便拿"，于是，我从中挑了一个可以冒充香蕉的黄色西葫芦，并被建议可以拿去做意大利面。

我来了才两个月，已经从土井菜园顺走了好几个西葫芦，足见土井班长家里农园之繁盛，想来一定是住在了近郊，家里有大片农田。关于他的住址，同事告诉了我一个没听过的地方，比起地址，我更惊讶的是他竟需要每天开车两个小时来上班！这意味着他每天要往返四个小时！

虽然通勤时间长是日本社会的一大特色，但这种距离和时间成本让日本同事也颇为惊讶，而且自己开车的油费和停车费的成本让我们怀疑土井班长的工资结余肯定还不如家里菜园收益高……

所以，家里有农园才能这么任性。没地的白领只能每天依靠铁道出行，住得近的搭乘地铁便好。若是住在近郊自家的一户建，甚至是跨城市上班的话，换乘各路电车是极其常见的事情。

搭乘早班飞机的某天清晨，我罕见地搭了6点半的地铁去坐机场大巴，对于平时9点45分上班的我来说，一直以为上班高峰在8点左右，结果生生被6点多的地铁之拥挤吓得睡意全无。车上不仅人多，而且女孩子们已经妆容整齐，我只能在心里默默推算她们应该在5点半之前就起床了。后来我才明白，或许是因为她们住在神户，但在大阪或京都上班，不然完全不需要这么早去神户的公司。

所以，对于绝大多数日本人来说，铁道就像一位感情深厚的老友。不，二者已超越朋友的关系，毕竟朋友也不会每天见面，铁道却几乎是日日使用，上学、上班、旅行、约会都靠它，因为日本铁道是如此便利。

日本铁道的便利之处，首先在于四通八达。除了让人眼花缭乱的东京线路图，日本其他城市之间的通行也极其方便。仅近畿地区就有阪急、阪神、JR、南海等几大铁道公司，他们之间既相互竞争，也互相弥补，再加上新干线，使得铁道路线密密麻麻地织出了一张网，几乎遍布每一个大大小小的城市。光从神户去京都，就有多达5种选择，时间和费用均不相同。好在有万能的换乘软件，能告诉你每种路线的详细信息，甚至最近一班的发车时间和站台。这样，就算看不懂复杂的线路图，也能轻松到达目的地，连日本人出行都离不开这个小能手。

其次，发车时间精准也是重要因素。不仅是新干线和电车的发车时间能精确到分，连地铁和巴士也是如此。每个车站都有两张发车时刻表，分别是工作日和周末。所以，每天都能看到有人一秒不多一秒不少地恰好飞奔进某一时刻发车的地铁，最近我也越来越会踩点儿，每次都在下站台的时候地铁刚好进站。大概也是因为这个原因，日本人的时间观念强成为他们的一种标签，做任何安排都能具体到分钟。

然而，电车并不等同于我们的火车，因为电车夜间是不运行的，所以才会有经典的日剧跑，除了在追姑娘，大部分也在追末班车。否则，打车回家可不是那么容易的事情，有些人甚至夜不归宿也不舍得花打车钱，因为真的太贵。当然，在末班车上看到N次会之后喝得东倒西歪的日本人也是一种乐趣。

虽然比起国内几元钱的地铁票，日本的交通费简直要匹敌饭钱，却还是比自己开车和打车要划算很多。每天我从家到单位的往返地铁就要620日元，若再加上200日元起步的巴士费用，每天交通费上千是很稀松平常的事情。好在有定期券（即经常往返的站点之间的月票），虽然便宜不了太多，但比起单次刷卡还是会省下来一顿怀石料理。所以买了定期券之后，我对铁道的出行依赖就更加强烈了。

日本人从读书时代起便开始每天在铁道上通勤，一直到工作、退休，所以常常见到一些六七十岁的老人无比怀念自己坐了几十年的电车，甚至能详细回忆关于电车的所有细节。

当然还有日本人曾经引以为傲的新干线。在国土狭小的日本，从东京到九州也不过是5个小时的事情。所以大多数出差都是乘新干线当天往返，有意思的是每条新干线还有自己的名字，型号也不尽相同，由此培养了一大批新干线发烧友。我在去东京的新干线上曾见到过爸爸和儿子一起看新干线图书的场景，儿子会在新干线的名字后面加上"○○酱"，甚至还拿出了好多个新干线手办模型，着实有趣。想来，这说不定是那位爸爸的兴趣呢！

最具有代表性的还要数松山健一和永山瑛太主演的电影《乘A列车前行》，两位颇暧昧的男主角因为同样是铁路迷而发生了交集，里面就出现了涉及20条线路的80辆列车。看到自己熟悉的线路，一定能引起诸多日本人的共鸣。

此外，今年4月京都还开设了"京都铁道博物馆"，不仅详细展示了日本铁道的历史轨迹，还陈列了五十多辆实体列车，一度引起了去铁道博物馆游玩的热潮。

日本的美食节目之多是出了名的，其中有一个系列就是搭乘不同铁道寻觅美食，在同一条路线的不同站点附近挖掘连当地人都不甚了解的餐厅。虽然在我们看来几乎都是一样的东西，但日本人还是看得津津有味。偶尔我也能看到想要亲自去探访的小地方。

如今在国内已很少见的铁道路口在日本还是能经常遇到，甚至在考驾照的时候都有遇到铁道路口的环节，足见其在日本国土的密度之高。

回想起来，来这里的每一天似乎都在乘地铁或电车，铁道竟成了日常风景。使得出发与离开，送别与道别的仪式感都减弱不少。

经常看到有人在桥上或站台看着列车匆匆来去，不知是在思念随着列车远行的人，还是在思考自己即将踏上的远方。总之，乘着这趟车，应该总能到达自己想要去的地方吧！

7 一场稍纵即逝的地震

每天下午两点，是办公室最死气沉沉的时刻。但有一天，因为一场地震，办公室变得格外热闹。当天，正当大家犯困的时候，所有人的手机铃声突然一起响起。

日本经常有防灾训练，会设置这种报警系统，偶尔天气极其恶劣的日子也会响。伴随着声音，也会有文字信息送达，提醒民众是什么警报。

但警报的声音极其突兀。日本人的手机除了照相有声音，其余时间都基本静音。突然的响声总会吓到正在操作手机的人，或者专心工作的人。每次都雷声大雨点小，颇有"狼来了"之嫌。连日本人都忍不住吐槽"吵死了""怎么又来了"。

不过，那天下午的警报声明显不同于之前。一瞬间，急速高亢的警报声响彻办公室，兵临城下的紧迫感随之而来。过了几秒，文字信息到达，有人喊了一声，"地震！"

紧接着，震源地点也一并发送过来，是鸟取县。警报声响了十几秒，大家左右张望，不知所措。

又过了几秒后，震感到达。办公室在七楼，明显感到了楼体的晃动，而且越来越剧烈。

大家纷纷站起来，刚刚还一副"应该没事"的神情，现在表情渐变。震感越来越强烈，大家禁不住喊出来，"真地震了？""不会吧？"

可大楼还是在晃，丝毫没有要停下来的意思。大家意识到了事情的严重性，开始想着要不要避难。浅田小姐显然也被这晃动吓到了，不停地嘀咕，"怎么办怎么办……"

对面桌子的宫泽桑很勇敢，一边说着"是不是可以回家啦？"，一边穿起外套拿起包就准备走出去。我的第一反应是回家有什么用？难道政府大楼不比家里更安全？

在一旁准备资料的小蓝也吓到六神无主，观望着大家，不停地说，"糟了糟了，这下糟了！"

此前，我只在西安感受过四川地震的震感，经验少到可以忽略。而此时，整栋楼都在晃的感觉完胜坐过山车时的晕眩，我只好看着大家怎么办。

然而，所有人只是站着……课长走到窗边看看大街上的情况，也有人靠过来，然后发现大街上并没有疏散人群。课长安心地说了一句，"大家都很淡定嘛……"于是心也安了来，持续了一分多钟的晃动也渐渐弱了下去。

隔壁经济课快速打开电视看起直播，仍在担心的人伸长了脖子，时刻注意着实时播报。那时我第一次发现办公室有电视。

一阵骚动过后，大家又迅速恢复了平静，该干吗干吗。继续敲电脑，继续编辑文档，继续收拾会议材料。打算回家的宫泽桑，也只好放下包，脱下外套，继续坐下等待收工。

过了两三分钟，大家心有余悸地开始交流。

"神户都已经好久没这么强烈的晃动了，真要吓死了……"

"怎么鸟取也地震了？这边应该比关东安全啊！"

"高桑你是不是第一次经历地震啊？"

知道自己安全了，大家才敢这么谈笑风生吧。若是阪神大地震再来一次，怕不是都要吓哭了。

当天后来，我因工作要外出，还被领导打趣，"哎呀，电车该停了吧？可能不用去了……"旁边的人都笑了。

原本和Lui约好在车站汇合，却没等到她。因为部分电车晚点了，她得排队等待上车。我站在月台，看到候车乘客如往常一样沉默着等待，没有抱怨，也没有无序，甚至连电车是否会因为余震而有危险的忧虑都看不出，还是那么安静，井井有条。

独自坐车的我望着窗外平静的风景，再看看车厢里和平时无异的乘客，想起一小时前办公室的慌张气氛，这种反差真让人感觉到日本的不可思议。

8 防震路上，从未松懈

意识到"3·11"东日本大地震的纪念日靠近，是因看到电视上关于地震六周年纪念的报道越来越多，其中提到了灾后重建，至今生死未卜的遇难者，幸存者的现状，以及一直悬而未决的福岛核电站问题。

所有关于这一切的节目，都不可避免地流淌着悲伤的基调。

"3·11"之前，对日本人影响最大的是1995年阪神大地震，里氏7.3级，六千多人死亡；再往前，能数出来的大地震，要推到二战前的1923年关东大地震，里氏7.9级，造成十多万人死亡。但年代过于久远，伤痛渐渐变淡了很多。直到1995年的阪神大地震，日本人又被深深震醒，原来地震从未远离他们，也更没有意识到十几年之后，一场伴随着大海啸而来的强震再次袭来。

但幸运的是，以1995年地震为转折点，日本全面加强了防震减灾的准备，也大力普及了防灾意识，让每一个居住在日本的人，时刻把危机意识牢牢印刻在脑海。这也使一部分人在"3·11"东日本大地震发生的时候幸免于难。

神户的景点不多，除了自然景色，还有一处特别的人工景点，叫"人与未来防灾中心"，建在当年受灾严重的神户海岸地区。

建筑本身也是一道风景。整块整块的落地玻璃，在蓝天之下恍若未来世界。建筑内部是地震展厅，同时也是一个生动的地震博物馆。

中心整体分为两栋楼，"防灾未来馆"和"人未来馆"。2002

年4月，由兵库县政府与日本中央政府合作建成。建成时主要想把日本积累的赈灾和救灾经验分享出去，让更多人免于受难，创造更安全也更可靠的社会。

除了对灾难的总结，展馆也负责收集和保存原始文档与资料、研究降低灾害风险（Disaster Risk Reduction，简称DRR）和培养DRR专家、培训管理防灾人员、对灾害发生地进行支援救助以及网络交流。

展示区有一整面照片墙，真实记录了1995年阪神大地震，其中830件现场的原始物品加强了地震带来的真实感受，4D效果的地震体验区则让参观者从建筑物、车辆等不同位置体验到地震突然降临的惊险与可怕。

1995年阪神大地震的灾难现场照片墙

工作人员的讲解补足了更多详细信息，英语、汉语、韩语和西班牙语满足了不同国家游客的需求，还有160位志愿者在这里义务工作，她们多是日籍外国人，有的还是当年的地震体验者，希望为来自母国的游客提供些许便利。

每年来这里参观的游客超过50万人次，其中大约5%来自海外，一半以上是日本国内的学生。这里同时也是小学生的教育基地，从小接受的防灾教育，使得生活在这个地震频发的小岛上的日本人，人人具备防灾意识和自救能力。

但这种自救能力在灾难面前太微弱了，日本一直举国之力不断提高科技水平，想从源头更多地了解地震。我亲身经历过手机的地震预警，不得不感叹报警系统的反应之快。但至今为止，地震仍被定义为不可预测的灾害，人类能做到的只是震后第一时间将伤害降到最低。

日本有一套名为"京"的超级计算机系统，就能够起到这种作用。这套超级计算机系统于2012年在神户人工岛上建成，由日本理工研究所和富士通共同开发，承载着实验、科研等领域的大型复杂运算，其中一个重要任务是解决灾害发生时如何以最快速度和最高效率组织大家避难的问题。全日本都安装了信号系统，这里能覆盖日本任何一个地方发生灾难时的第一现场。

一旦灾害发生，灾后救援往往最重要，也最有效。神户北部的三木市就承担着这样的任务。因为隔着六甲山脉，三木市得以避开

超级计算机系统"京"

诸多灾害，成为近畿地区的灾后救援大本营，一所集消防、学校在内的综合避难所就建在了这里。

学校配备了一个大型综合场馆，包含足球场、网球场和塑胶田径场，平时用作体育场，对外租用开放。紧急时刻，这里会迅速变身临时避难所，可以同时容纳两万多人。

与普通体育场不同的是，场地周边的仓库存放的并非运动器械，而是各种救灾物资。食品、衣物、救灾工具，以及可供搭建临时住宅与卫生间的器材存量足够2万人使用。食物会根据其保质期定期更换，以保证安全。如此大规模的防灾场景，让人切身感受到日本人"时刻准备着"的状态。

避难所

地震车

而整个展馆最让人震撼的，是地震体验车。坐在模拟地震的体验车里，从里氏5级的弱地震，逐渐升级至7级强度，眼看着所有物品散落一地，感觉自己的内脏都在颤动，这滋味着实不好受。如果是真实发生在自己身上，真的会吓哭。

最重要的是，地震车可以流动使用，开去各种地震防灾活动中。没有经历过大地震的人，通过它得以感受地震的"滋味"。

除了直接的物质救援，灾后救援还包括心理疏导。于是，"心理治疗中心"应运而生。

兵库县有日本第一家综合性灾后心理医院，不仅提供临床心理治疗，也会接待心理医生的培训和研修项目。参观时可以得知，2008年汶川地震发生时，这里也提供了援助。

在县厅工作的交流员，几乎人人都要因公来防灾中心好几次。2017年，"东北亚防灾会议"在神户召开，我和韩国交流员全程参与。日本的地震经验之丰富在全世界都属罕见，日本也一直秉持着开放的姿态，乐于对其他国家传授经验。

上述的东北亚防灾会议，与会国包括中、日、韩、蒙四个国家，会议聚集了各国地震局及红十字救助协会等相关领域的负责人，通过专家讲座、意见交流，一起面对人类共同的课题。

即便国家间关系错综复杂，但在大自然和可怕的灾难面前，参观者都会忘记自己的国别身份，每个人都是渺小的人类。如三木市的地震研究员所说，"阪神大地震时，日本接受了各位所在国家的援助，日本以后还会发生类似的灾难，到时也希望大家继续伸出援手。当各位的国家发生灾难时，日本也会尽最大努力提供帮助。"

健康平安地过好每一天，是每一个人最希望的事情，不分国家。

会议那天，我遇到了集体修学旅行的小学生，他们的脸上挂着无忧无虑的笑脸，就好像灾难永不会降临。

9 12月都是忘年会

在中国，很多人都知道"忘年交"，但有多少人知道日本的"忘年会"是什么呢？

虽然这两个词里都有"忘年"，但两个"年"的意思截然不同。前者指的是年龄，而后者是指年份。日本的所谓"忘年会"，就是辞旧会。

在日本，新年是在公历1月1号，因此，12月就成了忘年会的高峰期。忘年会听起来像是我们的年会，或者台湾地区的"尾牙"，实则不完全一样。不参加几次，是难以理解日本人对忘年会的热衷的。

首先，忘年会次数之多令人震惊。年会或"尾牙"多是公司规模，每年年底举办一次。而日本的忘年会除了以公司的名义举办，更多的是私人聚会。从小范围的同事聚会，到跟老同学、单身姐妹们，甚至是和客户一起聚会。参与人数也从两人多到无上限。

我来工作单位才一年，就在12月排了十多次聚餐，可想而知普通日本人的12月，每天下班后不是在喝酒，就是在去喝酒的路上。

与此同时，12月也成了醉汉出没的巅峰期，几乎每天坐电车都能看到醉成烂泥的人瘫坐在路边。等第二天清醒过来，他们才惊觉自己的窘迫处境，因为参加忘年会的费用大多是由自己承担。私人聚餐无可厚非，但公司的忘年会也不要奢望可以吃公款。虽然办公室的"忘年会"不用出钱，但羊毛出在羊身上，我们每个月要上交工会会费。虽然在事先做的餐厅意愿调查里，单位很民主地征询了大家想吃日料、西餐或是中餐，但最后仍然会有温馨提醒，推荐的地方包含酒水不要超过人均五千日元。

而五千日元恰好是一场忘年会的平均费用。日本人热爱喝酒，很多居酒屋就巧妙地推出"五千飲み放題"（五千日元无限畅饮）的套餐，可以一次喝尽兴。通常在酒足饭饱后，大家余欢未散，总有人喝嗨了提出"二次会"，换个地方继续喝，或者去唱卡拉OK，也总有人陪着继续疯。有时玩儿过头，还有三次会、四次会，甚至有时结束后发现已经是第二天了。

如此日夜颠倒的12月，很有可能每天都要与一张福泽谕吉告别。

听大叔们说，经济泡沫的时候，日本公司出手阔绰，忘年会不仅不用自己出钱，散会后还有价值不低的伴手礼，喝到深夜也不担心错过末班电车，反正公司会报销打车钱。然而，在东京银座街头，就算拿着一万日元拦车，司机也不愿意停下来。腊月寒冬里，排队一个小时才等到车的情景处处可见。哪里像现在这样，出租车一停十几辆，只有狂风暴雨天才是它们的"好天气"。

难怪现在的年轻人时常懊恼，怎么自己没赶上过去那个好时代。现在聚餐不仅心疼钱包，还要一直看时间，生怕错过末班车。否则，宁可在麦当劳点杯饮料坐一夜，也不想再多花钱来打车呀！

踏上末班车的一瞬间，大家集体放松，接着就可以安心地小憩片刻了。深夜的电车里，飘散着这个季节才有的酒精味，画面里都是睡得东倒西歪的身影。但日本人都有一种到站瞬间清醒的技能，除了偶有睡过头的醉汉，大部分人出了车厢，可以瞬间变回严肃脸。

提到"变脸"，酒精的神奇魔力，可以把日本人分为"平时的日本人"和"喝了酒的日本人"。

有天晚上要参加同事组织的十几人的私人聚餐,参加的都是关系相对近一些的。但即便关系近,由于平日里彼此也很少说话,最多聊两句无关痛痒的客套话,就算约好了晚上一起吃饭,也不会互相招呼着说"等下下班我们一起走啊!",还是会按照各自节奏先后离开办公室,再各自准时赴约。

然而,一旦空间转换到居酒屋,过了暖场的前半小时,酒精开始发挥曼妙的作用,日本人就开始"变脸"了。

"主管太妻管严了啊!""副课长最近一直请假,听说生病了,谁让他这么爱喝酒……""课长平时好像去健身房哦,我还看到他经常在超市买东西,真是模范老公!""不知道小林班长有没有结婚?好好奇啊!"……每一个八卦的对象,都是没有出席聚餐的办公室领导。

酒桌再热一些,话题也会发生变化,"闵桑,你最近是不是谈恋爱啦?打扮越来越洋气了哦!""RORO,你一个人在日本,一定很寂寞吧……""桥下,你和那姑娘怎么样啦?"他们的目标开始转移到在场的年轻人。

再几杯下肚,八卦也失去了魅力,"怎么办啊,明年合同就到期了,要失业了啊!""我跟你们小姑娘讲啊,保养要趁年轻!""今年的课内气氛太压抑了,平时想聊天都没机会!""让我加班也不多给工资,政府真抠门!"……对工作的吐槽慢慢增多,最后,变成了"今朝有酒今朝醉"的豪迈碰杯。

每次看到办公室里严肃的○○桑和○○君在喝了酒之后变得话密又幽默时,内心都会透过酒杯里的叠影大大地感慨一句,"原来他/她是这样的人啊!"

然而，就算这一天晚上大家喝得再尽兴、聊得再投缘，第二天切换回正常日本人的角色后，谁也不会提起昨晚的只言片语，好似什么都没发生，一切都在当时的环境里做了了结。大家默契地戴上白天标配的严肃面具，回归心有不满、却只能乖乖服从的职场。

如此，也就更明白了日本人对居酒屋的热爱，尤其是在可以冠冕堂皇"忘年"的12月。谨慎拘谨了一年，必须要把旧的压力和不满在12月的酒桌上一吐为快，这样才能清爽地迎接新年，给自己一个可以期待的来年。

10 春天来一场"春斗"

每年的2月份是中国的春节前后,当大家沉浸在一片喜庆中时,日本人已经开始了日常的工作。明治维新时期,日本废除了农历春节习俗,只过阳历的新年,2月便成了一个普通的月份。

但随着春天脚步的临近,日本人仍然心怀期待,因为除了尚早的樱花,2月还有一年一度的"春斗"之事!

准确来说,"春斗"是"春闘"(春季生活斗争)的简称,这里的"斗争"不是指武力冲突,而是通过有组织、有纪律的示威游行,向老板要求上涨工资、提高待遇的和平斗争。春斗的"战场"多在自己单位门前。至于选在春季,是因为日本的新财年基本始于每年4月,和学生的新学年步调一致。

在公司招聘新人和迈入新财年之前,选择春天到来的2月和3月跟公司做一番讨价还价,更容易取得成功。同时,一个人弱弱地跟老板说"我想加工资",自然没有全公司集体和老板叫板来得气势大。虽然老板比谁都明白员工做不出大举动,但总得在群众呼声面前表现出无损领导身份的回应。

结果就是,每年都闹,每年都能稍微涨那么一点点工资。从大企业到小公司,大家前仆后继地翻身农奴把歌唱,你方唱罢我登台,都在和老板谈条件。

至于能涨多少钱,厚生劳动省每年会在官网上公开当年春斗的平均效果,即月工资增加额平均数。2016财年,这个数字是6639日元,比前一年下降了728日元。当年日本人要求提高的平均额度是9045日元,比前一财年还高出2.1%。但通过互相理解与合理协商，双方各退一步，方能海阔天空。

其实，"春斗"的历史不算短，从1955年就开始了。当时日本的工会势力开始强大，甚至和终身雇佣制、年功序列制合称为日本经济发展的"三大神器"。刚开始，还真有点"斗"的成分，方式过激，工人们拿着工厂的产品，在老板门前造势；后来逐渐过渡为成熟的斗争方式，通过单位内部的"劳动组合"——即我们说的工会，来表达群众心声，再进行规范合理的示威；最后，双方愉快地达成一致。如此，不需要跳楼、跳桥，就能争取到双方都满意的结果。

不过，这种斗争通常在民间企业中更普遍，很少在政府部门能见到。毕竟，政府也要面子，怎么能容忍手下在眼皮子底下这么嚣张。

但有天中午，我竟在县厅门口看到公务员们"聚众"示威。而且，他们都是日本的"园丁"。

在日本，教师职业属于公务员行列，据说平均工资还高于政府人员。但钱多都是辛苦换来的，他们工作强度之大我深有体会。所以春斗的季节一到，平时忙到没有休息日的他们，怎么也要抽空赶来，拿着大喇叭在政府大楼下，一遍遍地呐喊"我们实在忍不下去啦！"。

一群老师像平时领读孩子们上课一样，跟着口号集体发声"反对加班！反对加班！""万岁！万岁！"，气势完全不亚于各党派的街头巡演。而这一幕，明显在给这栋楼里的教育委员会施压。

恰逢午休后的上班时间，大家被困意缭绕，没人留意楼下的哄闹声，每个人似乎司空见惯，也或者在暗暗祈祷：革命尚未成功，各位要继续努力啊！说不定我们也能跟着涨呀！

大喇叭聒噪了半个小时，温和地表达完意见，老师们便有序散开。不知最终闹到了多少钱，但早早拉响了今年的"春斗"序幕。

11 老爸的 26 年，日本的 26 年

1991年，我爸在冈山县新见市工作了一年后，踏上了归国之途。那一刻，他应该没想过，什么时候会再回来。

在神户工作的那年春节，我在日本没有假期，就邀请老高来神户与我团聚。假期里我陪他转了神户和京都，上班的时候只能让他自己随处走走，靠肢体语言与人沟通。

好在他在日本待过，也看得懂一些日语，加上我用手机给他远程指挥，竟也顺利地一个人往返了大阪。后来，我请了年假，安排了一趟"记忆之旅"，打算陪他回他当年工作过的地方重温一下他的青春年代。刚好，那里也是我的未知之地。

当然，如果不是他也这么想，我才不会折腾到新见这个"村儿"里。在网上查了查信息，新见是实打实的穷乡僻壤，毫无观光点。当时他来这里，是因为新见和我老家河南省信阳市是友好城市。

由于老爸普通话不标准，小时候很长一段时间，我一直以为他去的是新潟，后来一直将错就错了。大学时我学了日语，得知新潟大米很出名，就问我爸是不是真的好吃，结果他一脸迷茫，这才搞清楚他去的是新见，跟新潟隔得老远。

新见在冈山县北部，有漫山遍野的森林，是个林业发达的小城市。虽说新见是一个"市"，但繁华度还不及中国的许多县城。

就是这样一个快要凋敝的小地方，在26年前，曾经是一副欣欣向荣的模样。

当时，老高从大阪关西机场出来，坐上接待单位的大巴，一路高

新见市区主要商业街

速飞奔，沿途看到的是一派繁华景象。高楼大厦、阪神工业带和港口放满集装箱的场景，现代化程度简直让他看花了眼。直到现在，他还清晰地记得那一瞬间的冲击，"世界上居然有这样的国家，简直像天堂一样！"以至于我从小听到的，多是要向日本学习先进科技与文化的教育。

从老家信阳辗转到上海，老高第一次坐飞机出国，代价很大。那时候，我们家还住在单位家属院的平房里，他每月工资只有一百多块钱人民币，而往返日本的机票，几乎是他一年的工资。

到了日本，哪怕是小小的新见，老高也像刘姥姥进了大观园。二十世纪九十年代初，正值日本经济鼎盛时期，接待单位每每出手阔绰，带着发展中国家来的技术人员吃饭、喝酒、旅游。老高暗暗合计，一盘生鱼片几千日元，相当于他几个月的工资；一杯朝日生啤400日元，那也是半个月工资啊！这么一算，不吃不喝就亏大了，于是，次次吃到扶墙出来，啤酒也喝到饱。至于理发，大家拿推刀互相帮忙就好了,怎么可能去美容院送6000日元,那可是国内4个月的工资呢。

后来听说日本上司一个月能赚50万日元,按当时汇率有4万人民币的时候,老高简直被吓傻了!他无法想象,自己何时才能赚到人家一个月的工资。

当时他们一行五个人都是研修生身份,每个月有10万日元补贴。靠着老高在日本的一年,他一回国,我们家就换了新房。

26年时过境迁,当时万元户的理想,老高没过几年也实现了。现如今,工资涨了几十倍,但羡慕的日本工资,他还是没追上;而国内物价倒是节节攀升,大有赶超日本之势,家门口的热干面从一块钱,一点点涨到了五块钱。终于,我们的房价也一步步上涨,寻常百姓压力逐渐增大。

前几年,我带着90后的学生来日本游学。年轻人在东京买得停不下手,边刷银联卡边惊叹,"哇!日本的东西好便宜啊!"殊不知,在他们出生的前几年,老高在同一个国家的农村还在惊叹,"一碗面要我半个月工资?简直要命啊……"

再次踏上曾经停留过的土地,老高已经没了当年的青涩和怯懦。怀揣着银联卡,虽然没多少含金量,但看到心仪的亚瑟士跑鞋,也终于能扬眉吐气地"豪"掷一把,"这比国内便宜很多啊,买!"牌子还是当年的牌子,价格还是当年的价格,老高终于不再是当年的小高,拿着人民币在日本刷个了痛快。这种心境,大概只有他们那代人懂。

走在一户建密集的居民区,当年被视为日本梦一般的洋气小别墅,而今在他眼里甚是普通;满大街的轻排量小汽车,看起来真的小,远没有国内带尾箱的大汽车气派;新干线还是那么贵,速度也依

旧快，但坐的人不多，还没有国内的高铁利用率高；泡沫经济时代下一栋栋拔地而起的摩天大楼，当年看起来那么魔幻，但这些年老高也去了不少地方，如今再看日本的高楼大厦，好像没有以前那么震撼了。

在新见的时候，我陪他走回了曾经住的地方，刚好在当地政府大楼旁边，很容易找到。看到和当年一模一样的场景，老高有些感慨，大概在脑海里回荡起了"激情燃烧的岁月"。

我们试着走去山脚下的工作站，中间经过了一条长长的商业街，他说和以前有天壤之别。曾经，一家家热闹的店铺满足了老高对日本的所有好奇，但如今这个老龄化不断加剧的乡村，店铺都处于歇业状态，只有一家卖唱片的小店还贴着美空云雀①的广告。时光在这里仿佛是停滞的，还留在久远的昭和时代。

---

① 美空云雀（1937—1989），日本歌唱家、演员，代表作有《川流不息》等，被称为"歌坛女王"。

后来，老高凭着记忆走回了工作地点，却已物是人非。26年，模糊了太多过去，他自己也记不清是不是同一个工作站，如今出入的都是陌生面孔。只记得，河流还是一样干净。

老高发出一阵唏嘘，我便陪着他在河边待了会儿。他在感慨时光飞逝，而我在感慨这个地方现在还有多少人住呢？

26年那么长，长到我爸从刚工作到快退休，长到我那时候还咿呀学语，现在也年过30了；26年又那么短，短到老高不知不觉间已重游故地。

除了日语比当时退步很多，他依然知道垃圾要分类，抽烟要找到吸烟区，知道我有时候忘记锁门也没关系，知道电车上说话要小声……因为，日本的这些习惯和26年前没有任何变化。

如果说，当年的日本在硬件和软件上给了他双重震撼，这次再来，他已不再感慨那些硬件。曾经很眼红的平整公路、昂贵到奢侈的高级餐厅、物资充足到商品泛滥的超市，以及满大街时尚洋气的漂亮姑娘，如今都成了稀疏平常的景象；相反，他每每看到街上的小朋友背着书包上学，看到随处可见的鸽子、乌鸦，河里的鸳鸯惬意游水，看到车上的老头儿老太太拿着外语书努力学习，喝到和26年前一样甘甜醇厚的牛奶时，他比当年更加动容，感慨于日本的坚强与温柔。

有人说，日本这二三十年是失去的，停滞的。或许，在老高看来，日本人已经享受了美好和谐的二三十年，甚至比起当年的浮夸与稚嫩，日本社会正变得愈发成熟与内敛。

下一次故地重游，应该不用再等26年。只是不知道那时，老高又会有怎样的感受呢？

12 无处不在的仪式感

离开办公室前，最头大的事情就是收拾办公桌。

堆积了一年的资料，攒到最后还是要一一"断舍离"。但有些东西收拾出来，无论如何都不舍得丢弃。

小朋友制作的感谢卡

很多都是之前去学校做活动后收到的感谢信。不同于正式书信，这些都是小朋友制作的，很可爱。每人写两句话，老师统一整理好，再邮寄到办公室。但即便是交流员全体做活动，学生们也不会以相同的口吻写给四个人，而是每人一份单独的内容。

其实我和学生们相处时间很短，最多就一个小时，能告诉他们的事情也很有限。但在全球化的时代里，普通人在自己生活中接触的外国人有限,更不用说能相对客观地了解外国文化,因此他们常常惊叹于颠覆自己常识的事情,比如中国的面积相当于30个日本,从北到南坐飞机要六个小时,以及天津饭不是中国菜,中国不是每个地方都有熊猫,等等。

孩子们很诚实,会觉得文化讲座让他们更了解中国,如果有机会想来中国看大熊猫。但比起他们写了什么,我更有感于这种形式朴素但感情真挚的做法。在互联网的时代,我们已经很少手写文字了,因此每一句用时间和心意书写的话都显得弥足珍贵。但在日本,依然使用手写文字表达心意的人并不少见。

无论迎接还是送别,我收到过不少同事手写的卡片,话语不多,却附带着自己创作的插画,或者突显自己特点的小设计,很用心。就连平时在办公室的便签条也充满了细节上的关怀,里面有可爱的手绘和涂鸦,秉承着日本"卡哇伊"国度的性格。

细节的背后是日本发达的文具市场,仅仅是便签和胶带就能摆满几个货架,能把人生生逼出选择困难症。买完之后,店员会仔细地将文具包装起来,包装袋也精致到让人不舍得扔掉,于是又被生生逼出包装袋积攒癖。

这是一条从细节出发的产业链,每一个环节都有郑重的心意融入,而到了我这里,收到的是小朋友们的心意。孩子很喜欢做这些,也享受其中的乐趣,因为他们一直生活在这样的环境里。

在家里分吃点心时,哪怕只是中国朋友送的即食红枣,妈妈也会拿出精致的杯碟,手冲一壶咖啡或红茶,搭配我们眼中普普通通的食物。

在学校收到小伙伴送的东西,即便只是一张可爱的贴纸,也会表现出万分惊喜,"唉?我真的可以拿吗?真的吗?太赞了啊!"收到这样的反馈，送的人也无比开心。

家里的姐姐周末参加甜点课程的结业典礼，明明只是个兴趣爱好，还是一大清早就做了端庄的发型装扮，以一身传统的和服身姿出现在会场。

辛劳的爸爸无论一年四季有多炎热，都西装革履地提着黑色手提包早出晚归，在每一个节日的晚餐前带回应节的食物。

日本人生活得很轻松，因为一切都按照规律进行，也有一套标准可以参照。夏天看花火，冬天看雪，这是季节上的参照。女生出门必化妆，出远门回来必带伴手礼，这是"空气"里不成文的规定。

但日本人也生活得不轻松，因为一切都有标准在旁，不嵌入框架似乎会显得格格不入。久而久之，便不知不觉地培养出了一套我们向

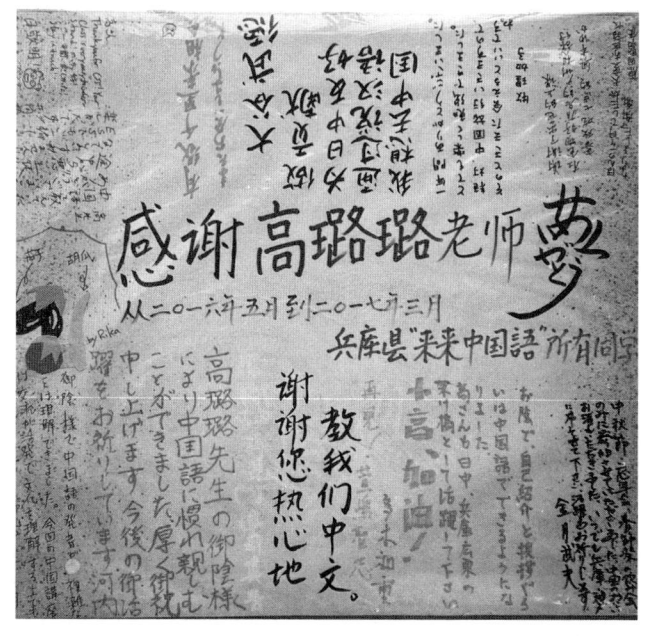

大家把日语的"ありがとう"写成汉字"梦"，饱含深意

往的"仪式感"。

有时也会觉得,打电话发邮件的开头与末尾都要重复一样的内容着实繁琐,但又不得不承认,中文角的朋友们给我开送别会时准备的小学生一样的留言板着实暖心。

也许,在我们看来是仪式感的东西,在日本人眼里只是日常生活的习惯,而所谓的仪式感也并非只是简单记住重大节日去吃烛光晚餐,它已然渗透在每一个微小的举动中,哪怕只是喝茶,哪怕只是传话,哪怕只是寒暄。

正因如此,我也在努力地写着最后的感谢信,争取收工前可以送到办公室里每一个人的手上。

13 友好交流，任重道远

2017年3月31日是我出勤的最后一天，没想到的是一年20天年假的福利竟然只消耗了一半，平时的请假大多用加班换来的代休替换了。不过，认真的日本人不会克扣属于我的权利，所以把合同到期前的十几天工作日全部换了年假，以至于把我4月还想去办公室瞧瞧新领导的八卦心都给扼杀了。

最后一天出勤，照旧从住了一年的40年老楼出门，走在熟悉的小路上赶往车站。两旁的树木用一年四季的色彩变换适时地提醒我季节的更迭。我习惯了常年绿色的广州，久违地感受了何谓"四季分明"。

进车站，刷月票，踏上早上9点11分的地铁，在"县厅前"站下车，从地下站台走上来，出站，进办公室大厅，爬楼梯上7楼，走进"国际交流课"，把外套和包放入每人专属的行李柜，回到座位打开电脑，开启一天的工作。

一套用一年时间固定下来的习惯，到今天即将画上句号。最后一天，不再有具体的工作事务，主要是和同事道别。

办公室里不止我一个人离开。有三年合同到期重新找工作的，有被外派新加坡办事处的，有调任其他部门的，他们都将在下周一告别这个待了不长不短的地方。同时也会有新同事坐自己原来的办公桌，与春天一同开启新的一年。

因为知道今天踏出办公室就不好再回来，我便提前两周陆陆续续收拾了东西，一点点带回家，尽量在这一天把时间放在与大家的惜别上。

先去了稍远的"兵库县国际交流协会",虽然平时很少见面,但也一起做过多次活动,在走前正式地表达一句"这一年受了您很多关照,真的太感谢了",脑海里想起的都是一起工作的画面,仿佛就在昨天,可如今一别,不知何时再见。加上有些同事新工作未定,少不了安慰几句,也祝福她们。

回到办公室,从局长手里接过"兵库县友好亲善大使"的任命书,想起去年刚赴任时,在同一个地方和局长初次见面寒暄的场景。眨眼间,一年转瞬即逝。

局长没有问我在这里工作的情况,而是先抱歉地说,"今年办公室气氛比较压抑,委屈你了。"我有些意外。

虽然所言是事实,我也经常吐槽办公室种种不完善之处,但日本人对待工作的严谨认真,政府部门的公私分明,服务态度的亲切务实,又何尝不是让我在这个表面"高冷"的办公室里一点点感受到,又被震撼到的。

谈到中日交流,我说自己所做的有限,虽然参与了很多次学校访问,坚持了每周一次的中文角,开过很多次文化讲座,但还是冰山一角。如果有更多时间,我希望可以将中国文化讲给更多人听,让大家知道真实的中国;或者有机会的话,我希望大家可以到现在的中国看一看,毕竟眼见为实。就像如果我不是在日本待过这一年,也不会对日本产生比留学时更深入的了解,以及更具体的感受。

局长说他外派美国和法国时，也有一样的体会。如果不能亲自去远方看一看，所听所知的终究是别人的经历。只有自己走出去，才能对生活有更深的思考。

我忍不住和他分享自己有多庆幸来到神户这座繁华而不失幽静的海滨城市。来之前我对兵库县一无所知，可在这里停留的时光，让兵库县成了自己最熟悉也最喜欢的地方，想要让更多人知道并踏足。

局长听了很开心，说他不是神户本地人，也觉得这座宜居的城市魅力很大。他希望我回中国后能发挥"友好大使"的作用，不仅让日本人了解中国，也让更多中国人了解真实的日本，还有美丽的神户。

这不正是我选择回国的理由之一吗？有效的友好交流建立在对两种文化的深入了解之上，当我一次次发现自己无法解释自认为是常识的发音习惯、传统习俗与社会现象时，也必须回过头学习更多自己国家的文化。

同时，我又那么想把自己学习了多年的日本文化，结合这一年经历的种种事情，告诉那些对日本感兴趣，却只能靠片面渠道获取信息的人们。

交流，从来都是双向的。交流，也不止于官方层面，它更普遍地存在于你我之间。

在日期间，有国内亲人朋友找我做向导，由此得以深入日本乡村，入住民宿，品尝当地特色，体验到更地道的日本。

也有日本朋友和我约好来广州旅游的时间，想亲自看看我时常向他们讲述的发达的电子支付、高峰时段的大塞车、正宗的干炒牛河等。无论是否能赴约，他们都从原本对中国的模糊印象，到如今产生了极大兴趣，知道除北京、上海之外的诸多信息，谁说这不是美好的交流带来的积极影响呢？

离开办公室之前,大家拍了大合照,画面定格在此时的"一期一会"。

让我惊喜又感动的是,同事们瞒着我悄悄准备了同学录一样的相册,每个人都贴着自己的照片,写满了对我的祝福。此刻真想反驳局长,这间办公室温情着呢!

而我们的交流,也从此刻开始,将踏上新的旅程……

后 记

前几天，神户的朋友和我说，神户的三宫车站要翻新了。

三宫车站是神户的交通中心，也是神户人利用率最高的站台。所以，连我这个短暂停留的过客也对三宫附近格外熟悉。杂乱的商铺，匆匆的乘客，热闹的夜晚，是定格在我脑海的画面。但它很快将被一座名为Ekizo的新商场取代，我充满期待的同时，也划过一丝遗憾。

期待的是下次去神户有新的体验，遗憾的是我熟悉的神户开始变得陌生。疫情期间，我先后得知了许多让人难过的事：县厅附近不远处的东急手创馆（Tokyu Hands）歇业关闭了，那里是我经常在下班后流连的场所，买过很多生活用品；位于旧居留地的蓝带厨艺学校闭校了，那是我在神户时每周末都去上课的地方，法国烘焙老师和日本同学陪伴我拿到了蓝带的烘焙证书，是我在日本做公务员之外的收获，也是我回国后开展新工作的基础；我常去的面包房"サ・マーシュ"变成了店主一人经营的模式，且一周只营业四天……我知道，疫情期间一定还有更多细小的变化，在我离开神户的这几年间，缓慢而真实地发生着。

疫情仿佛让时间静止了，当我回想起在神户做公务员的时光，已经是四年前的事了。可也许是那一年过得太丰富、太美好,我总以为那不过是昨日场景,一切都清晰可见。

我记得森先生带我从东京抵达办公室的第一天,浅田小姐很不好意思地和我吐槽,我们办公的县厅一号楼很老很旧,设备也落后,希望我不要介意;大型外事活动前,简陋的办公室里充溢着紧张的氛围,大家反复开会,确认分工,我每次都和小蓝、桥下还有其他交流员一起提早布置好会场,摆放兵库县的宣传册《美丽兵库》和印有兵库县吉祥物Habatan的徽章;和澳大利亚交流员Lui、韩国交流员闵桑、美国交流员Jack开心地去兵库县不同城市的中小学给孩子们分享各自国家文化,让我们有机会走出办公室深入了解地方特色;而每周四晚上我都会提前准备一个面包,在七点半开始的"中文角"之前垫下肚子,以最好的状态和县厅里对中国感兴趣的公务员们交流中国的点点滴滴;海南省高中访问团来神户一周,我全程陪同老师们走访了多所初高中和职业学校,惊讶于国内学校规模之大和硬件之好的同时,也惊讶于日本学校的朴素环境和丰富的素质课程……

在这些回忆的另一面,我也清晰记得我在办公室的一年间,虽然上下班没有打卡,但也没有看到有人迟到;上班时间紧张严肃,午休一小时相对放松,偶尔的夜晚聚餐就是我见到每个人另一面的舞台,尤其是去了二次会的卡拉OK后,我不无错愕地发现大叔领导们竟然都会唱AKB48的歌曲;兵库县因为阪神大地震的振兴工作一直负债累累,所以华丽的外事活动背后是拮据的预算,我们没有县厅统一配备的文具,连招待客人的茶水也非常一般;每次做完交流活动,我们都祈祷着不要被留在学校里吃又冷又没味道的午餐,只想出门找一家美味的当地餐厅;中文角会借着每一次中国节日的名义聚餐，每次都是中餐，每次大家都要问我味道是否正宗，而我也只能勉强点头免得扫兴；走访教育一线后我才知道，呵护孩子们的同时，日本的老师们也承受着无声的职场压力……

同一件事的正反面，丰富了我这一年的公务员经历。不长也不短的时间，让我有宝贵的机会近距离接触日本政府部门、基础教育、地方文化，尤其是兵库县内的的方方面面。我不再像留学时那样单纯地看到表象，浅尝辄止于听到的话语、看到的画面、品尝过的味道，而是试图深一点、再深一点地去思考迎面而来的每一场相遇，无论是办公室里日日相见的同事，还是做活动时萍水相逢的陌生人；也无论是工作中经历的快乐和不悦，还是旅途中邂逅的惊喜和意外。

于是，我看到了一个个鲜活的人，也记下了一段段新鲜的体验。

浅田小姐离开了县厅，Lui嫁到了法国，后来两个人一起回了澳大利亚，闵桑留在日本找到了其他工作，Jack带着他的日本新娘回了美国……在日本做公务员的经历已经成为我们生活里的过去时，每个人都进入了新的生活阶段，但那段经历又时时刻刻影响着我们，至少对我影响很深。

回国后我在公开和私人场合，多次分享过自己的公务员经历，也不吝与大家探讨中日交流的细节。当对方好奇日本人是不是真的很冷漠时，我会肯定日本人的确有"表里不一"的一面，但也会提及我和健身房的吉田奶奶相识相交的故事；当对方好奇日本公务员是不是和国内公务员一样很受欢迎时，我会说自己的真实观察，公务员在日本也是稳定又有社会地位的工作，但现在的年轻人并没有那么热衷于"考公"了；当对方质疑日本人是不是对中国不友好时，我会介绍"中文角学生"的故事，也会说起两位姐姐来广州找我旅游时的趣闻；当对方好奇我为何不留在日本生活，我笑说自己已经结婚了，而其实是此处和彼处的生活本质都差不多，而此处有让自己心安的人。

离开神户的日子里，我好像离那个地方很远，因为至今还没有回去过。原本计划2020年6月带一个深度的神户旅行团，也因为疫情的原因暂时搁浅。但神户的细节总是历历在目，我又时常觉得离那里很近。上下班的通勤路上，风景会随四季变换；上班的地铁停在"县厅前"那一站时，就自然地走出车厢门；海边的帆船酒店和神户塔总是那么好看；路过"森谷肉店"一定会买用神户牛做的可乐饼，也会在想吃包子的时候专程绕去神户"老祥记"……

去神户工作前，我最喜欢的日本城市是有着古都韵味的京都；工作结束后，我最喜欢的城市变成了神户。感情深只是一方面，除此之外它也的确很好，好在无与伦比的宜居。离开的时候，我终于明白了神户人的骄傲，也理解了关西地区广为流传的一句话：在京都读书，在大阪赚钱，在神户居住。于是，多少次魂牵梦萦北野坂的悠闲早餐、旧居留地的午后咖啡、六甲山的夜景，也连带着怀念神户周边、宝冢歌剧团的表演、有马温泉的惬意，还有淡路岛的夏日风情。每每和朋友说起，我都如数家珍，仿若自己是神户当地人一般。

疫情早晚会过去，曾经自由移动的日子也一定会到来。等到那时，我想回神户看看老朋友，走走熟悉的老地方，看看新变化；也会重新带团向神户出发，带国内朋友深入小众景点，品尝最正宗的日本味道，感受我口头介绍过的神户的美好；更想带着自己即将出生的孩子故地重游，告诉她/他我曾经在这里的经历，希望她/他也能对神户有一丝亲切感。

还好，还好我当时没有偷懒地用文字记录了每一天，才让四年前的时光跃然纸上，有迹可循，有情可依。更庆幸的是，这些文字被北京时代华文书局的编辑看到，整理成书在国内出版。希望我能借此机会向更多国内读者介绍我眼中的兵库县和神户市，将那些在神户感受到的美好传递给更多人；同时也希望这本介绍日本的书能成为我们无法前往日本时的一扇窗口，在闭门不出的日子里，也能看日本，看世界，耐心等待出发的那一天。

非常感谢北京时代华文书局的编辑凯特羊，为《我在日本做公务员》这本书付出了很多，中间经过多次沟通，才有了这本书的呈现；同时感谢在神户的朋友天羽，为书中需要的图片补拍了神户的场景，弥补了我无法亲自前往拍摄的遗憾。

感谢为本书做序的旅日作家唐辛子老师。无论是在神户期间，还是回国后，唐老师都在写作上给了我很大的鼓励。

最后也要感谢我的先生，感谢他一路对我的关爱和支持，并在那一年间多次赴日，和我一起深入了日本很多地方，成为两人专属回忆的同时，日本也成了我们聊不完的话题。

时间流逝，但文字的力量不变。回看书中记录，我依然能轻易唤起彼时彼地的感受，还原出一幅幅画面。本书的成稿不失为一场奇妙的回忆之旅，也希望成为读者的好奇之旅。欢迎大家多多批判指正，探讨交流。

高璐璐

2021年5月7日于广州

图书在版编目（CIP）数据

我在日本做公务员 / RORO 著 . — 北京：北京时代华文书局, 2020.9
ISBN 978-7-5699-3750-3

Ⅰ . ①我… Ⅱ . ① R… Ⅲ . ①纪实文学 — 中国 — 当代 Ⅳ . ① I25

中国版本图书馆 CIP 数据核字 (2020) 第 099964 号

我在日本做公务员

WO ZAI RIBEN ZUO GONGWUYUAN

著　　者｜RORO

出 版 人｜陈　涛
策划编辑｜康　扬
责任编辑｜黄思远
责任校对｜凤宝莲
营销编辑｜郭啸宇
封面设计｜尚燕平
内文版式｜迟　稳
责任印制｜訾　敬

出版发行｜北京时代华文书局 http://www.bjsdsj.com.cn
　　　　　北京市东城区安定门外大街 138 号皇城国际大厦 A 座 8 楼
　　　　　邮编：100011　电话：010 - 64267955　64267677
印　　刷｜三河市嘉科万达彩色印刷有限公司　电话：0316-3159777
　　　　　（如发现印装质量问题，请与印刷厂联系调换）

开　　本｜880mm×1230mm 1/32　　印　张｜7　字　数｜160 千字
版　　次｜2021 年 8 月第 1 版　　　　 印　次｜2021 年 8 月第 1 次印刷
书　　号｜ISBN 978-7-5699-3750-3
定　　价｜52.00 元

版权所有，侵权必究

《我在日本做公务员》
私が日本で公務員になった日々